センチメンタルに効くクスリ

トホホは短歌で
成仏させるの

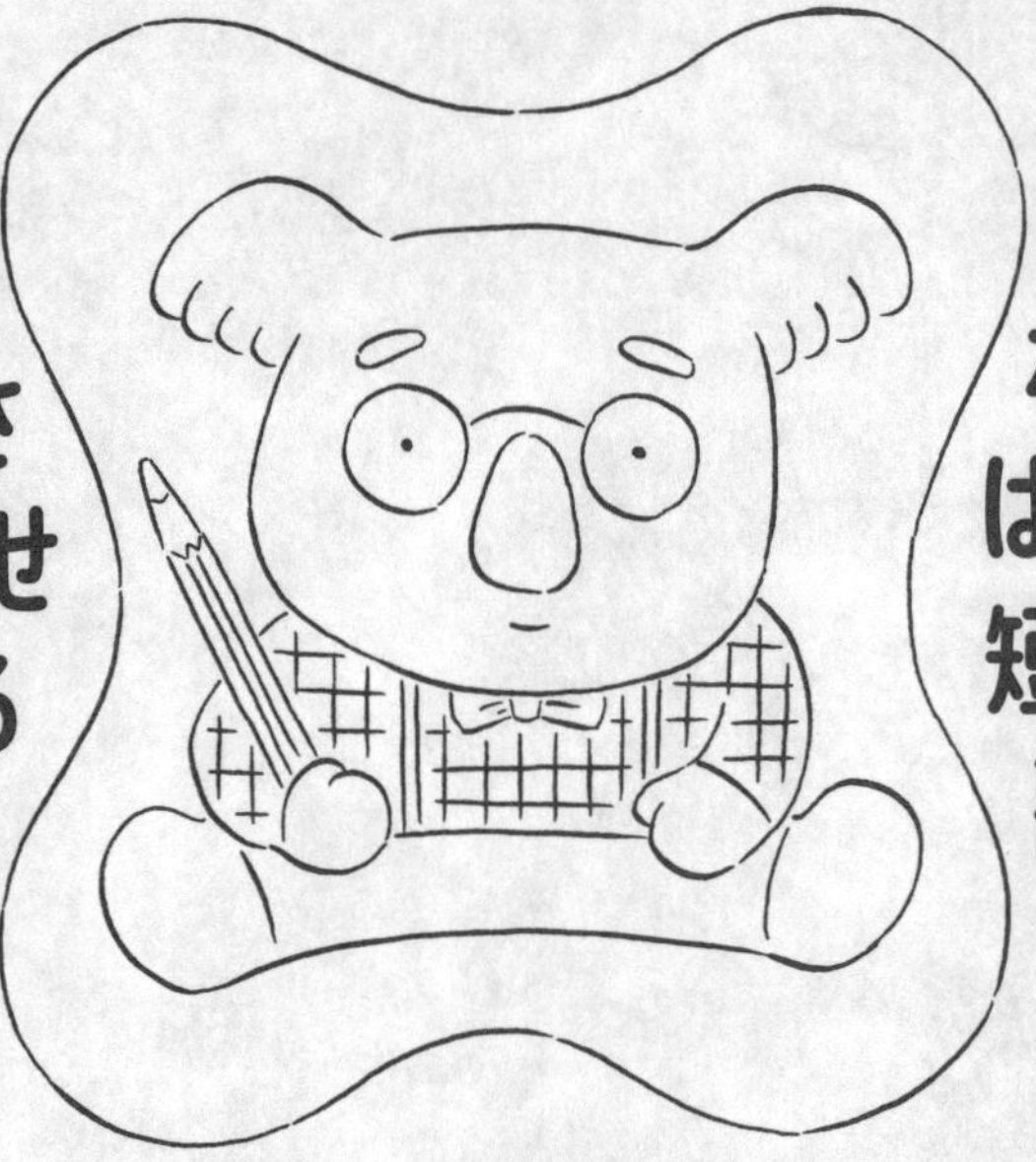

岡本雄矢

幻冬舎

センチメンタル
に
効くクスリ

トホホは
短歌で
成仏させるの

はじめに

辞書で【センチメンタル】という言葉を調べました。

弱々しい感情に走りやすいさま。悲哀、哀愁、寂しさ、切なさにひたるさま。

とあります。

僕にぴったりの言葉だと思いました。

芸人として活動している僕は、漫才をして、ウケないと、もうダメだと弱々しい感情に走ってしまいます。

書く仕事で、自分の書いたものを「おもしろくなかった」なんて言われると、立ち直れないくらいに落ち込みます。

話そう！　とプロフィール欄に書いている人からＬＩＮＥの返信がなくて寂しさを感じ、ラーメン屋さんに友達と3人で並んでいて、先に2人だけ呼ばれて1人残されて切なくなったりしています。

悲哀、哀愁な出来事はよく起きて、センチメンタルに殺されそうな日々です。

そんな折、縁があって短歌を作るようになりました。

日々のセンチメンタルな出来事を短歌にすると、周りが笑ってくれました。

僕の悲哀や哀愁が、誰かをクスリと笑わせたのです。

センチメンタルは短歌になりやすくて、誰かを幸せにできるんだ。

そう思った僕は、自らの悲哀や哀愁を「不幸短歌」と名付けて短歌にし続けた結果、ここに一冊の本が出来上がりました。

この本があなたをクスリと笑わせて、誰かの日々の薬にでもなろうものなら、こんなに嬉しいことはありません。


そして、もしかしたらあなたにも、僕のようにセンチメンタルに殺されそうになる日があるかもしれません。

そんな時は、僕のように歌を詠んで、その不幸、成仏させてみてはいかがでしょうか。

だって僕に起きたこの不幸も、僕の一部、なんですから。

もくじ

装丁＋装画　鈴木千佳子

恋と青春のトホホ

恋愛で傷ついたり落ち込んだり、
そもそも恋愛にすらならなかった思い出が、
僕にはたくさんあります。
その思い出たちを
短歌で成仏させてみました。

腕枕ひとつしたことない腕で恋の歌など書けるだろうか

ただの音ただのインクだ好きだとか一生愛し続けるだとか

気をつけろそこは母校へ続く道センチメンタルが殺しにくるぞ

そんな顔されたらこっちはちょうど今着いたとこって言うしかないじゃん

「話したいことあるんだ」という入り　こわすぎる絶滅してほしい

グッピーか金魚だったか忘れたが　水槽に眼鏡ぶん投げられた

すぐ既読つけたらキモいと思われる気がして一旦スマホを置いた

ごめん！って走ってきたけどその前のダラダラ歩いてるのも見えてた

短歌とか少しも興味のない君に届かせたくて詠んでる短歌

ほら見て！と空を指差す爪のなか今年最初の花火が上がる

花火の季節になると思い出すことがあります。
あれは10年くらい前でしょうか。
当時、たまに遊んでいた女の子がいました。彼女とご飯を食べた後に、花火を見に行くことになりました。

遊んだ日がたまたま花火大会の日で、たまたま近くで行われるということで見に行くことになっただけなのですが、当時の僕は、なにかがはじまるのではないかと、ドキドキしていました。

花火大会の場所に着くと、ドンという音と共に花火が上がっています。

彼女がその花火を指差して言います。

「ほら見て。綺麗」

僕は花火よりも、その指先に目を奪われます。

彼女の爪にはネイルがしてあって、そのネイルの柄が僕には花火のように見えたのです。

僕のそばで小さな花火が上がっている。

僕はそう思い、「そのネイル、花火みたいだね」と彼女に言ったのですが、その声は花火の音にかき消されて、彼女には届かなかったようです。

彼女はその後も何度も花火を指差し、僕はそのたびにネイルを見てしまうので、あまり花火を見られませんでした。

そんな思い出があります。

彼女とはその後、少しずつ会わなくなり、特になにも起こることがなく、今はどこでなにをしているのかもわかりません。

今年も花火の季節がやってきました。
今年は僕のそばで小さな花火が上がる予定はありません。
大きな花火がゆっくり見られそうです。

ちょっとだけ待ってて殺してくるからと受話器の向こうミリグラムの死

好きな人との電話での会話というのは、得てして楽しいものです。
緊張やドキドキ感などもあれど、それに勝る楽しさやウキウキ感があります。
しかし、その気持ちが冷めてしまう瞬間というのもあります。

その当時、いい感じになっていた女の子と、僕は電話で会話をしていました。その子とは、ほぼ毎日のように、夜になると電話をしていて、長い時には2時間、3時間と話すこともありました。

その日も楽しい気分で電話をしていました。

話の途中で、急に彼女が言います。

「部屋に虫入ってきちゃった」

夏の暑い日でした。

部屋に虫が入ってくることくらいはあるでしょう。

続けて、彼女は言いました。

「ちょっと待ってて、殺してくるから」

ん？

殺してくる？

別に虫を殺すことが悪いことだとは、僕は言いません。

女の子は天使だなんて思うような年齢でも、もうありません。

でも、殺してくるとは言ってほしくなかったかも。

じゃーなんて言えばよかったかと聞かれても、いい答えは思いつきません。
だけど、殺してくるという言葉が妙に引っかかってしまいました。
そんなことを考えていると、また彼女の声が聞こえてきました。
「死んだよ」
その声は、いつもとなにひとつ変わらない明るい声でした。
その瞬間、僕の心の中のなにかも死んだような気がしました。

もうみんな退出したグループＬＩＮＥ「お幸せに」という文字がある

もう10年くらい前の話になりますが、男女8人ほどで合コンをした後に、「またこのメンバーで遊びに行こう！」というノリになり、グループＬＩＮＥを作ることになりました。

最初のうちは、そのグループLINEも盛り上がっていたのですが、合コンから3日も経つと、会話もなくなっていきます。

僕は、その中に気になる女の子がいました。

直接誘うには、まだ勇気が足りません。

なので僕は、その後も会話が乏しくなっているグループLINEに、何度かメッセージを送っていました。

「今度飲みに行きましょう！」

「今月中にはみんなで行きましょう！」

しかし、みんなの予定が合うことはなく、なかなか実行には移りません。

今思うと、ノリで作られたグループLINEです。

何日か経って冷静になってみると、改めてこのメンバーで行くほどのことか？　と全員が思っていたのでしょう。

しかし僕だけは違います。

気になる子がいるので、どうしたってもう一度行きたいのです。

そう思い、誘った何度目かのLINE。

「そろそろ飲みに行きましょう！」の僕のLINEに、僕の気になっている子から返信がありました。

「私、彼氏できたので行けません」

返信がきて嬉しいと思ったのも束の間、すぐに真っ逆さまに落とされた感じ。

あの時の気持ちは、今でも鮮明に覚えています。

僕は彼女に、気になっているなんて伝えていなかったので、平静を装い「お幸せに」とLINEを送ります。

しかし、僕がそのLINEを送る少し前に、その子はグループを抜けていました。

僕の「お幸せに」は彼女に届くことはありませんでした。

その了解道中膝栗毛ってやつ　すごく嫌なの別れてほしい

先日、知り合いの女性と話していると、その方が最近彼氏と別れたという話になりました。

彼女に悲しそうな様子はなく、なんなら「言えてよかった。別れてスッキリした」

と言ってるくらいなので、ひとつ質問をしました。

「なんで別れようと思ったの？」

恋愛経験の少ない僕は、どんなことが別れの原因になるのかを知っておきたいという気持ちがあります。そのリアルを直に聞けるチャンスです。それを逃す手はありません。

彼女は答えました。

「まー色々あるよね」

色々なことが積み重なって別れるというのは想定内です。ただ僕としては具体的な理由を聞きたかったので、もう少しつっこんで聞いてみます。

「一番の理由はコレ、とかあるの？」

彼女は少し考えてから答えてくれました。

「一番かどうかはわかんないけど。了解道中膝栗毛かな」

は？

彼女はなにを言ってるのでしょう？

別れの原因が了解道中膝栗毛？

意味がわかりません。おそらく了解道中膝栗毛は、東海道中膝栗毛のもじりかなんかでしょう。

だけどそれが別れの原因？

は？

困惑している僕を見て、彼女は説明をしてくれます。

「彼さ、ＬＩＮＥで了解って時、了解道中膝栗毛って送ってくるんだよね。それがすごく嫌だったんだよね」

なるほど。意味はわかりました。

でもそれが別れの理由ですか⁉　意味はわかっても、理解はできません。

そう彼女に伝えると、彼女は言います。

「もちろんそれだけじゃないけど、そういうのって結構大きいんだよね」

そうですか、勉強になりました。


その夜、彼女からＬＩＮＥがきました。

内容は「楽しかった、また飲みましょう！」というようなものでした。

了解道中膝栗毛。

声聞いて会いたくなったから会った 会ったら一緒になりたくなった

好きな人ができるとまず、その人とお近付きになりたいと思います。
連絡先を交換して、たまに連絡を取れればいいんだって思います。
それが叶《かな》い、連絡先を知り、たまに連絡を取るようになると、今度は喋りたくなります。

メールやＬＩＮＥでの連絡だけでは物足りず、電話をして声を聞きたくなります。それが叶い、電話をして声を聞くと、今度はそれだけでは物足りず、会って話したくなります。

一度会って喋れれば、もうそれ以上は望まないって思います。それが叶い、会って喋ると、何度も会って喋りたくなります。そして何度も会って喋ってると、今度は付き合いたくなります。最初は連絡先を交換してたまに連絡を取れるだけでいいと思っていたのに、最終的には付き合いたくなっています。

この欲望がどんどん大きくなっていくのを、自分で止められない感じが、僕はとても苦手です。

今そこを通った猫だけ知っている2人の指が絡まったこと

道を歩いていると、僕の目の前で猫が立ち止まり、こっちを見ました。
僕には、猫が前を通るたびに思い出す出来事があります。

あれは小学6年生の頃。

夏休みのとある夜に、クラスのみんなで肝試しをしようと、僕たちは近くの公園に集まっていました。

ルールは男女1人ずつがひと組になり、公園を1周するというもの。

大人になった今からしてみると、なにが肝試しなんだろうと思うようなしょぼい内容でしたが、子どもから見たら大きめな公園だったこともあり、当時の僕らにとっては、しっかりとした心霊イベントでした。

順番にスタートしては、戻ってくるクラスメイトたち。

「こわかった」という人もいれば「別に」と強がる奴もいます。

そして僕らの順番がやってきました。

僕も怖いのは苦手ですが、隣には女の子がいます。僕が怖がっていては、彼女はもっと怖がってしまうでしょう。僕は恐怖を抑え込み、夜の公園を歩きます。

歩いて少し経ったところで、ふと気付くと、隣に彼女がいません。

え？

振り返ると、少し後ろで彼女が止まっています。

「大丈夫？」

僕が声をかけると、彼女は震える声で答えます。

「もう行けない」

そんなこと言ったって、と思いながら、前を見ると、その先には木が茂っていて、今歩いてきた場所よりも暗くなっています。

僕も本音では行きたくはありません。

彼女が「戻ろう」と言うので、その意見に同意したくもなりました。

しかし、ここで戻ってはクラスの笑いものです。戻るわけにはいきません。

「大丈夫」

僕は彼女に声をかけ、彼女の手を握り歩き出します。

はっきりとした意思を持って、女の子の手を握ったのは、あれがはじめてのことでした。

少し歩いたところで、目の端でなにかが動きました。

お化け!?

声が出そうになりましたが、必死にそれを抑えよく見てみると、そこには1匹の猫がいました。

猫かよ。

猫はこちらを少し見て、なにもなかったように目の前を通り過ぎていきました。
その後は、無事ゴール付近までたどりつき、クラスメイトたちが見えてくる前に、
僕らはどちらからともなく手を離しました。

僕は、この思い出を猫が前を通るたびに思い出します。
あの時の手の感触はもう覚えていません。
目の前を見ると、そこに猫はもういませんでした。

水筒の中の氷が歩くたびカラカラとなり　また笑われる

約1年前から、水筒に麦茶を入れて持ち歩いています。節約にもなるし、氷を入れてることで、いつでも冷たい麦茶が飲めるしと、願ったり叶ったりです。

この前、知り合いの女性とご飯を食べに行くことになり、待ち合わせをしてご飯屋さんへ向かっていました。

彼女は、歩き出してすぐに、笑い出します。

「どうしたの？」と僕が聞くと「リュックの中に水筒入ってるでしょ？　氷カラカラ鳴ってて、小学生みたい」。そう言って、くすくすと笑っています。

それからも、僕が歩くたびに氷はカラカラと鳴り、彼女はずっと笑顔です。笑わせてるというより笑われてるけれど、盛り上がらないよりはいいか。

そんなことを考えているうちに目的地に着きました。

ご飯を食べている最中、僕は色んな話をしたのですが、そこまで盛り上がった覚えはありません。

ご飯が終わり、外に出て歩き出すと、またリュックの中の水筒がカラカラと鳴り出します。彼女はまたくすくすと笑い出します。

彼女を送り、1人になった後に思います。

今日、水筒の氷以外で彼女のこと笑わせてないんじゃないか。

いや、水筒の氷の件は笑われてるわけだから、厳密にいうと、ひとつも笑わせてないんじゃないか。

ということは、水筒持ってなかったら、今日、彼女は1回も笑ってなかったってことじゃないか。

おそろしいことです。

僕は帰り道を歩き出します。

リュックの中の水筒が、またカラカラと鳴り出しました。

自転車で豪快にこけてやっぱりか　この夏初の半ズボンの日

何年か前の夏のこと。
僕はその日、珍しく女性と夜ご飯に行く予定がありました。
夏のはじまりを告げるような暑い日でした。

僕は夏のためにと買っておいた、その夏のトレンドと書いて売り出されていた新品の半ズボンを穿《は》いて、出かける予定でした。

仕事が終わり、自転車に跨《また》がり、目的の場所へ向かって自転車を漕ぎ出します。

彼女との話は盛り上がるだろうか？

夏もはじまったことだし、2人の間にも、なにかがはじまるだろうか？

今思うと、緊張と高揚で、運転に集中していなかったのかもしれません。

自転車で、歩道から車道に降りようとしたその時。

タイヤが滑り、自転車はバランスを崩し、僕はおもいっきりこけてしまいました。

腕も擦りむいたのですが、それよりもひどいのが膝です。

おもいっきり擦りむいています。

昨日までのように長ズボンを穿いていればここまでの傷にはならなかった。

だけど今日は半ズボンです。

モロに被害を受けた両膝は、見るに耐えられない傷となっています。

しかし、いつまでもこの場所にこけたままでいるわけにはいきません。

僕には女の子との食事があるのです。

一度家に帰り、立て直そう。

家まで自転車を漕いでいる間も、両膝はジンジンしています。

食事を諦めるか？

否、こんなチャンスはなかなかないので、なんとか行かなければいけません。

僕は家で両膝に絆創膏《ばんそうこう》を貼りサポーターをつけ、長ズボンに着替えて、食事に向かいました。

正直、会話の内容はあまり覚えていません。

きっと大きな盛り上がりも、ひどい盛り下がりもなかった平凡な会だったのだと思います。

もちろんそんな食事では、2人の間になにかがはじまることはありませんでした。

ただひとつ、食事中も終始、両膝がジンジンしていたことだけは、今でもはっきりと覚えています。

月が綺麗ですねだなんてもんじゃない地球が燃えてますますねほどの愛

夏目漱石が、「I love you」を「月が綺麗ですね」と訳したという逸話があります。
英語教師をしていた頃、「I love you」を「我君を愛す」と和訳した教え子を見て
「日本人はそんなことは言わない。月が綺麗ですねとでも訳しておけ」と言ったとい

う話です。

本当か嘘かはわかりませんが、個人的にとても好きな話です。

他にも、二葉亭四迷は「死んでもいいわ」と。谷崎潤一郎は「あなた様と芸術が両立しないならば、私は喜んで芸術を捨ててしまいます」と、愛を表現したと言います。

そういったものを見ていると、僕も自分だったらどう訳すだろう？　と考えてしまいます。


「星が綺麗ですね」

「月が綺麗ですね」をパクり過ぎです。ダメです。


「君を守るためそのために生まれてきたんだ」

SMAPさんがもう言っています。ダメです。


「Love so sweet」

嵐さんがもう言っていますし、そもそも和訳になってません。ダメです。

「地球が燃えてますね」

なかなかいいのではないでしょうか？　「月が綺麗ですね」風味は多少あるかもしれませんが愛が燃え上がっているのがわかって、なかなかいいのではないでしょうか？

先日、知り合いの女性とそんな話になった時に、僕だったら『『地球が燃えてますね』って訳すよ」と言うと、一言言われました。

「重っ」

芳香剤飲んでやるって騒ぐから芳香剤は二度と置かない

もう15年ほど前の話になりますが、当時付き合っていた彼女と部屋の中で喧嘩《けんか》になりました。

喧嘩の原因は忘れましたが、その時彼女が言ったセンセーショナルな一言は、今でも覚えています。

「芳香剤飲んでやるから」

びっくりしました。

喧嘩をしているこの状況は、決して望ましいものではありません。

この嫌な空気を打開したいのはわかります。

しかしなぜその方法が、芳香剤を飲むことなのか？

まったく理解できません。

そんなことを言いつつ、実際にはやらないだろうと思っていた僕の目の前で、彼女は部屋にある芳香剤を手に取ります。

え？　本気ですか？

そして、中に入っているゼリー状のものを取り出し、それを本当に口の中に入れようとします。

「待って！　待って！」

慌てた僕は必死に止めますが、彼女はすごい力でそれを制してきます。

「ダメだ！　ダメだって！」

こんなものを飲んでしまっては、命に関わる恐れがあります。

そんなことは絶対にさせてはいけません。

僕は必死に彼女から芳香剤を奪い、落ち着かせます。

その後のことはよく覚えていないのですが、彼女は芳香剤を飲まずに、その場を収めることができました。

あれから約15年。

その彼女とはとっくに別れましたが、僕はあれから部屋に芳香剤を置くことができません。


先日、その彼女の知り合いから、彼女が元気にしてるという話を聞きました。

あなたの家には、今、芳香剤はありますか？

30を超えての実家暮らしには恋愛上の問題が出る

36歳まで実家に住んでいました。

家事をしなくていい、ご飯は出てくるなど、めちゃくちゃに楽な環境ではありましたが、恋愛をする上での弊害もありました。

実家には、僕の部屋はありましたが、そこまで大きな家ではないので、部屋の音は外に筒抜けでした。

なので電話をするとなると、話している声はすべて親に聞かれてしまいます。


30代の前半だったでしょうか。

いい感じになった女の子がいて、よく夜に電話をしていました。

話している内容を親には聞かれたくないので、僕は外に出て電話をしていました。

夏はいいんです。

暖かいのでいくらでも外で話してられます。

しかし北海道の冬に、外で電話をするというのは無理な話です。

一瞬ならまだしも、マイナス10度やマイナス15度の中、長時間お喋りなんてできません。

でも、部屋で話せば親に筒抜けになってしまいます。

考えた僕はお風呂場で電話をすることにしました。

お風呂場はリビングと離れているので、小さな声で話せば、親に話している内容を聞かれることはありません。

これはいい場所を見つけた！　と思い、最初は楽しく話していたのですが、少しずつ体が冷えてきます。

北海道の冬は、室内といえど暖房が入っていないと、過ごせたものではありません。

寒さで震え出したことにより、電話の受け答えが適当になり、盛り上がりを欠いてしまい、そのことで彼女を怒らせたりもしました。

そして、いつのまにか彼女とは疎遠になってしまいました。

もし、あの時一人暮らしだったなら。

彼女とうまくいってただろうか？

当たりたくない夜風に当たらされていて言い合いはまだ終わりそうにない

先日、夜の0時頃だったでしょうか。

僕は家にいて、シャワーを浴びパジャマに着替え、そろそろ布団に入ろうとしていました。

その時、スマートフォンが鳴りました。

知り合いからのLINEで「友達と喧嘩をしたから来てほしい」と書いています。

僕はその2人のことを知っています。

2人が喧嘩するのは喜ばしいことではありません。

だけど、こんな夜に僕が行くのか？　と思っているとLINEは引っ切りなしにやってきます。

「早くきて！」

「助けて！」

僕は仕方なく、服に着替えて自転車に乗り、10分ほどかけて目的の家へと向かいます。

僕は家の中で喧嘩をしていると思っていたのですが、2人は家の前にいます。

1人が「帰る」と言い、もう1人がそれを必死に止めています。

僕は喧嘩の理由もわからないし、とりあえずはお互いがヒートアップしているように見えたので、「落ち着こう！　一旦落ち着こう」と声をかけ続けました。

すると僕にLINEをくれたほうが、僕に向かって言いました。

「声大きいから静かにして」

え？

僕、今注意されました？

するともう1人も僕に言います。

「一旦あっち行ってて。2人で喋るから」

え？

僕、呼ばれたから来たんですけど。

自主的に来たわけじゃないんですけど。

そんな思いを込めて、僕にLINEをくれたほうの友人を見ると、彼は言いました。

「そうだな」

え？

は？

え？

僕は頭と心を落ち着かせるために、2人から少し離れ、いったいこの状況はなんなのだろう？　と考えます。

呼ばれたから来たのに、声が大きいからあっちに行っててと言われるこれはなんなのだろう？

そんなことを考えていると、喧嘩をしていた2人が向こうから歩いてきました。

2人はぎこちないながらも、仲直りした様子です。

1人が僕に言います。

「わざわざありがとう」

もう1人が僕に言います。

「じゃーね」

2人は去って行き、僕は夜に取り残されます。

夜風がとても冷たいな。

原付で暴走族の集団に混ざってしまって月がまんまる

20代の頃、移動はもっぱら原動機付自転車でした。

あれは、とある夏の日の夜。仕事帰りに、国道を原付で走っていると、あるところで車が多くなりました。何台かの車がすごくゆっくり走っています。

もうずいぶん遅い時間です。

こんな時間に混んでるなんて珍しいなと思い、もっと前の方に目をやると、その先の道は空いていています。

あれ？　なんでこの車たちはゆっくり走ってるんだろう？

この何台かを抜かせば、空いてるじゃん。

そう思い、僕は車の間を縫い、その先へ出ます。

快適じゃん！　と思ったのも束の間。

前を見ると、たくさんの改造バイクが走っていました。

派手なヘルメット。２人乗り。みんなイカつい文字が集まってできた四文字熟語が書かれた服を着ています。

そうです。

暴走族です。

今はあまり見なくなりましたが、当時の札幌にはまだ暴走族が結構いて、夜道を集団で走っていることがありました。

前に暴走族、横を見ても暴走族。

僕はいつの間にか、原付で暴走族の集団に混ざってしまいました。

あの車たちは、暴走族がいるからゆっくり走っていたのか。

てか暴走族なら、爆音鳴らして走ってくれよ。そしたら走っていることに気付けて、こんなことになっていないじゃないか。

そんなことも思いましたが、今はそんなことを気にしている場合ではありません。

声をかけられたらどうする？　絡まれたらどうする？　無理やり暴走族に加入させられたらどうする？

恐怖に慄《おのの》きながらも、目立たないようにスピードを上げることも下げることもせずに一定のスピードで走る僕。

それが功を奏したのか、暴走族のみなさんは僕に気付くことはありません。

ホッとする反面、自分の存在感のなさが悲しくもなりました。

恐怖から目を逸らすため、あの時僕は周りを見ずに、月を見て原付を走らせていました。

綺麗な満月でした。

あれから10年以上経った今も、満月を見ると、そのことを思い出します。

明け方のカラ館５０２号室ホットウーロン流行りはじめる

若い頃は、終電を逃したら友達と朝までカラオケに行って、始発で帰るということを当たり前のようにしていたのですが、年齢を重ねて、そういうことは、ほとんどなくなりました。

しかし、この前友達と飲んだ後に、誰かが「朝までカラオケだ！」と言い出し、酔っていたみんながそれに乗ったので、8人程でカラオケに行くことになりました。

最初は調子よく歌い、騒いでいた僕らですが、午前2時を過ぎた辺りで疲れが見えはじめます。

歌う人も少なくなり、口数も減っていきます。

うとうとして、今にも寝てしまいそうな友達もいます。

若い頃は朝まで騒ぎ続けることができたのに、今は2時でこんな感じかよ。

そんなことを思いながらも、なんとか僕らは気力と体力を振り絞り、歌い続けます。

なんでこんなことをしているんだろう？　と考えてしまうと一気にテンションが下がるのはわかりきっているので、なるべく考えないように騒ぎ続けます。

時刻は朝方になり、1人が飲みものの注文をします。

「ホットウーロン1つ」

それを聞いた周りの友達たちも「俺も」「俺も」とホットウーロンを頼みます。

若い頃は、カラオケでホットウーロン頼む奴なんていなかったよな。

朝までずっとお酒を飲んでたよな。

そんなことを思って、机の上を見ると、オードブルの皿の上にポテトと唐揚げが残っています。
若い頃はポテトと唐揚げが残るなんて考えられませんでした。
開始10分でなくなっていたくらいです。
ふと気付くと、最初は8人程で入ったはずが、今は部屋には4人しかいません。
途中でタクシーで帰ったのでしょう。
若い頃はタクシーで帰る奴なんていなかったよな。

僕らはもう、あの頃とは違うってさ。

今息をしている　多くのボーイミーツガールや爺ミーツ婆を経て

1／25。
これはガリガリ君が当たる確率だと言われています。
1／138。

これはコアラのマーチでまゆげコアラが出る確率だそうです。

1／5023秭6500垓。

では、これはなんの数字かわかりますでしょうか？

そもそも漢字が読めないという声が聞こえてきそうです。

これは5023じょ6500がいぶんの1と読みます。

読めてもなんのこっちゃわからないという声が聞こえてきます。

ではこれを小数点であらわしてみましょう。

数字に直すと、0・00000000000000002%です。

すごい確率です。

ということで、いったいこれはなんの数字なのか？

答えは、今この瞬間、あなたの隣の人に出会える確率だそうです。

すごい確率です。

おそろしい確率です。

ですが、それくらいにはなるだろうと納得もできます。

なぜなら、先祖の1人でも命のバトンを繋《つな》がなければ、僕らは生まれてきてはいません。

生まれてきたことさえ奇跡なのに、そこで出会うというのは、とんでもない奇跡です。
奇跡的に出会ったんです。
なので、仲良くしましょうよ。
そんなに不機嫌にならないで。
あなたの部屋の机にお茶をぶちまけてしまったことは謝ってるじゃないですか。
仲良くしましょうよ。
奇跡的に出会ったんですから。

サンパチの前で喋ったサンプンを君にパチパチしてほしいまる

漫才を20年続けています。

この20年の間、なんで漫才をしているんだろう？　と、何度も自分に問うてきました。

自分がおもしろいと思っているネタを認められたい。

目の前の人を笑わせたい。

基本的には、この2つになるのですが、その時に恋愛的に気になっている人や、好きな人が観に来ていると、様子が変わります。

その人におもしろいと思われたい。たくさんのお客さんを笑わせている姿を見て、カッコいいと思ってほしい。

そういった気持ちが一番になります。


何年も前の話になりますが、当時好きな人が、僕のライブを観に来てくれることになりました。

ウケなきゃ。すべったらカッコ悪いと思われちゃう。絶対にウケて、カッコいいと思われなきゃ。

そういった気持ちで、いつもより緊張をしながら舞台に上がり、僕はサンパチマイクの前で精一杯漫才をやりました。

漫才はお客さんのノリがよかったこともあり、とてもいいウケをもらいました。拍手笑いももらえるくらいに、よい出来でした。

よかったよかった。

これで、あの人にもカッコいい姿を見せられたはず。

舞台が終わり、スマートフォンを開くと、その人からLINEがきていました。

「ごめんなさい。急な用事でライブに行けなくなってしまいました。頑張ってください」

とあります。

君にパチパチしてもらいたかったんだけどな。

デートとかしなくていいから一首だけあなたの歌をよませてほしい

これは、短歌を本格的にはじめた4〜5年前に作った歌です。

当時の僕は、彼女いない歴が長く、気になる子がいても、もし断られたらなどと考えてしまい、デートに誘うことすらできませんでした。

僕は、この先、女の子と触れ合うことなく生きていくんだ。

デートとか望まないから、その子が詠んだ短歌を一首でも読めたら嬉しい。

そんな思いから作った歌です。


現在も僕は、短歌を続けていて、ありがたいことに本も出版させていただき、僕が短歌をやっていることは、僕の周りの人であれば、ほとんどの方が知ってくれているという状況になりました。

そうなると、知り合いの方とメールやＬＩＮＥのやり取りをしている際、その方が短歌を送ってくれることがあります。

僕が短歌をやってるのを知ってくれて、今こんな短歌できました！　と送ってくれるわけです。めちゃくちゃ嬉しいことです。

この人は短歌やってるから、短歌送ってみようと、作ってくれるのはすごく嬉しいことです。

そして、知り合いの女の子が、メールやＬＩＮＥの流れから、短歌を送ってくれることもあります。

それを見るたびに思います。

その子の詠んだ短歌を読めて、めちゃくちゃ嬉しいけど、それ以上に会いたくなるんですけど。

会って、その短歌の話や短歌以外の話もしたいんですけど。

その子の詠んだ短歌を一首読めたらデートしなくていいなんて思っていた4年前の僕、まったく見当違いです。

芸人という名のトホホ

芸人は表では笑っているけれど、

裏ではいつだって

センチメンタルの連続です。

僕の20年分のセンチメンタルを

短歌で成仏させてみました。

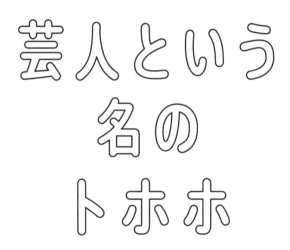

隠れファンなんですと言われ　なぜ隠れてるんですかと言えず別れた

手の中で回るペン回らない頭「はいどーも」とだけ書かれたノート

あれこれとキャラを試して人格を見失う　漫才に喰われる

ギャラいくらもらえるかわからないまま働いて打ち上げまでしてる

外野からじゃなきゃ言えない　芸人に頑張れだとかやめないでとか

街灯がピンスポみたいに照らすのはいずれ黒歴史になる今だ

やめようと思うたび鳴る笑い声　耳じゃなく脳にへばりついてる

うずくまり出番を待っている早く出たい　いやいつまでも出たくない

仕事なにしてるの？に答える声が年々小さくなっていってる

10代の後半に吉本興業に所属して、芸人をはじめました。

20歳になり、お酒の席などに参加するようになると、人との出会いも増えて、仕事を聞かれることも多くなりました。

20代前半の頃は、芸人をしていると答えると、周りは「芸人！　すごい！」「夢を追いかけていて素晴らしい！」と囃《はや》し立ててくれたものです。

僕もとてもいい気分になり、仕事を聞かれると胸を張って「芸人です」と答えていました。

それが20代後半になると風向きが少し変わってきます。

もちろん今までのように囃し立てられることもありますが、その反面「生活とか大丈夫なの？」「どこかで区切りつけないとだよね」という反応も出てきます。

そして30代を超えると、そっちの反応がほとんどになってきます。

昔は胸を張って「芸人です」と答えていたのですが、その頃から周りの反応がこわくて、少しずつ、その答えを言うのがイヤになっていました。

そして、30代後半。

仕事を聞かれ「芸人です」と答えると、「いつまで夢を追ってるの？」「本当に人生考えないとやばいよ」と言われることがほとんどになってきました。

時には苦笑いなどをされ、とても気まずい空気になることもあります。

そんな反応になるとわかっているから、「芸人です」と答える声が、どんどん小さくなってきています。

これから迎える40代。
「芸人です」と答えると、どんな反応が返ってくるようになるのでしょう。
今までの流れから考えて、より厳しい答えが増えてくるのでしょう。
そのことを想像すると。
答える声は、相手に聞こえないくらいに小さくなってしまう気がします。
声が相手に届かないなんて、それはもはや芸人でもないような気がします。

やや重いスーツケースは帰り道少し軽いかもっと重いか

漫才の仕事の時は、基本的に衣装をスーツケースに入れて運んでいます。スーツケースを仕事場に持っていき、着替え、漫才をして、また着替えて、衣装をスーツケースに入れて帰ってくる。これが基本的な流れです。

漫才でウケた時は、このスーツケースが、帰り道では軽く感じます。

ウケた高揚感で足取りも軽くなっているからでしょうか？

お客さんの反応がよかった時は、とても軽く感じます。

逆にウケなかった時、お客さんの反応が悪かった時は、とても重く感じます。

入っているものは、来る時と同じなのに、ズッシリととても重く感じます。

そういうことが確実にあります。


先日も漫才の仕事をしました。

その日は、いい反応をいただくことができました。お客さんのノリもとてもよく、ウケたといっていい漫才だったと思います。

帰り道。

足取りも軽く、体はとても軽く感じます。来た時よりも圧倒的に軽さを感じます。

ちょっとこれ、さすがに軽すぎません？

あ！

僕、スーツケース持ってない。

仕事場にスーツケースを忘れてきています。

コンビニの夜勤終わりにコンビニに寄っている友達を見ている

舞台で漫才をするために、ネタ合わせというものをします。

ネタ合わせとは、つまり漫才の練習で、相方と僕の2人がいればできるので、昼間にやったり深夜にやったりと時間はバラバラです。

先日、ネタ合わせをしようという話になった時、相方は朝8時を提案してきました。

理由を聞くと、コンビニのアルバイトの夜勤明けなので、そのままやりたいとのことでした。

僕たちは芸人だけの収入だけでは食べていけないので、アルバイトをしています。

夜勤明けで寝て、昼間に起きてネタ合わせをするよりは、そのままネタ合わせをして、すべて終わった状態で寝たいというのが相方の考えのようです。

僕はその日、特に予定がなかったので、相方の提案を受け入れ、朝8時に公園に集合をしてネタ合わせをしました。

僕は起きたばかりなので元気でしたが、相方は夜勤明けの疲れもあったのか、セリフを噛《か》んだり、ネタを忘れたりしていました。

時折ぼーっとすることもありました。

それでも、練習を繰り返して、形にはなったので、その日は練習を終えました。

「じゃーまた」と別れ、相方は公園を出て、向かいのコンビニに入って行きました。

コンビニで働いて、ネタ合わせをして、コンビニで買い物をして。

家に帰って眠って、今日はまたコンビニで夜勤でしょうか？

アルバイトやめられるといいなーって思いました。

つたえたい衝動はある　つたえたいことなんてなにひとつないのに

お笑い芸人をやっているので、普段はステージで漫才をさせてもらっています。その他にも、こうして短歌やエッセイを書かせてもらったりもするし、お芝居の脚本を書いて公演したこともあります。

たまに聞かれることがあります。

「この作品を通じて伝えたいメッセージはなんですか？」

この質問をされるたびに、僕は困ってしまいます。

なぜなら、僕には基本的に伝えたいメッセージがないからです。

僕はエッセイで、夢を持つことが大切だと語っているわけではないし、お芝居を通じて、恋をすることは素敵なことだとも言ってはいません。

漫才を通じて、親を大事にしようというメッセージを発信したことなど、もちろんありません。

他の方はわかりませんが、僕の作品には決まったメッセージは特にないのです。

ということはつまり、作品を見てなにも思ってほしくないのかと問われると、断じてそうではありません。

めちゃくちゃなにかを思ってほしいです。

めちゃくちゃなにかを考えて、なにかを思ってほしいと強く願っています。

僕は決まったメッセージは投げはしませんが、受け取る方は、各々で「なにか」を受け取ってほしい。

そう思っているのですが、これはわがままなのでしょうか？
なのでこのエッセイにも、特にメッセージはありません。
だけどなにかは受け取ってほしいんです。

ケンタッキー買おうかなでもベタつくし油の気分じゃないしやめよう

先日、打ち合わせがてら、後輩芸人をお昼ご飯に誘いました。

僕は吉本興業に所属しているのですが、吉本は先輩が後輩の分を払うというのが風習です。

まー、1人500円くらいで抑えれば2人で1000円だし、それくらいなら。

そう考え、ショッピングモールの飲食店街を歩きます。

ラーメン。高い。

トンカツ。高い高い。

ステーキ。高い高い高い。

そんな計算をしながら歩いていると、ケンタッキーがありました。

ケンタッキーはランチのセットなら、リーズナブルなはずです。

後輩芸人に「ケンタッキーでいい?」と聞くと「もちろんです」と答えたので、2人でケンタッキーに向かいます。

ケンタッキーに着き、レジ前のランチのメニュー表を見ます。

チキンフィレバーガーセットが640円です。

ん? なかなかですね。

2人で1280円。

まあ当初の予算は少し超えてしまいますが、これくらいなら。

と思い、他のメニューも見てみると、ダブルチキンフィレバーガーセット840円というのがあります。

後輩がこれを頼んだらどーしよう。

840円と640円で、1480円です。

予算相当オーバーです。

ただ「お前もチキンフィレバーガーセットな」と決めつけるようなことは、ケチだと思われるのでできません。

考えた僕は、次の瞬間、こう口にしていました。

「なんかケンタッキーって気分じゃないかも」

変な奴です。

自分でケンタッキーと決めておいて、レジ前でなぜかケンタッキーの気分じゃなくなる。

めちゃくちゃ変な奴です。

後輩も「え?」という顔をしています。

「なんかよく考えたらお腹もあんまり空いてないかも」

気味が悪い奴です。

自分でご飯に誘っておいて、なぜかお腹が空いてないと言い出す。

めちゃくちゃ気味が悪い奴です。

後輩も「は？」という顔をしています。

その後、僕らは缶コーヒーを2本買って、吉本の事務所で打ち合わせをしました。

缶コーヒー2本で240円。

当初の予算よりだいぶ浮きましたが、なんかそういうことじゃないな、と今は思っています。

キットカット食べても負けて　もっとちゃんとしなければって　ぢつと手を見る

はたらけど　はたらけど猶《なお》わが生活《くらし》楽にならざり　ぢつと手を見る

石川啄木の有名な短歌です。

僕も短歌をやる前から知っていたくらいの歌なのですが、この歌を見るたびに思っていました。

なんで手を見るんだよ！　と。

働いても働いても暮らしが楽にならないのは、現代の僕にもわかります。

それで嫌になる気持ちもわからなくはありません。

かといって、なんで手を見るんですか？

手を見たところで、どうなるわけでもないでしょうに？

手を見てる暇があったら、更に働くか、どうしたらよくなるのか考えたほうがいいのでは？

そんなことを思い、この歌にはまったく共感できませんでした。

先日、僕はある漫才の大会に出場しました。

どうしても勝ちたい大会だったので、カツ丼を食べようと思いましたが、そんな時間はなく、代わりにキットカットを食べることにしました。

キットカットは「きっと勝つ」との語呂合わせで、今となっては受験生などを応援する合格祈願のお守りとしても有名です。

キットカットを食べて挑んだ大会、僕は負けました。
きっと勝つの効果は出ずに、確実に負けました。
負けのショックで呆然《ぼうぜん》としていた僕は、気付いたらじっと手を見ていました。
啄木の気持ちが、少しわかった瞬間でした。

ペン変えて書き直してと思っちゃう うっすいサインが飾られている

飲食店に行くと、壁に芸能人の方々のサインが貼られていることがあります。料理がくるまでの間に、誰のサインがあるんだろうと見るのは、いい暇つぶしになります。

僕も芸人活動をしているので、ごく稀《まれ》にですが、お店の方からサインを頼まれることがあります。

そのサインを壁に貼ってもらえるのは、とても光栄なことです。

先日、とあるラーメン屋さんに行った時のこと。

注文をして、料理がくるまでの間、壁に貼ってあるサインを見て、こんな人もきてるのか……あんな人も……！　などと驚いていると、その中に、インクがとても薄いサインを1枚見つけました。

そのサインは周りと比べて、極端にサインのインクが薄いです。

あれじゃ誰かわからないよ、可哀想だなと思い、誰のサインなんだろうと、よく見てみると。

それは僕のサインでした。

日付は5年程前のもので、僕はこの店でサインを書かせてもらったことを忘れていたのですが、それは間違いなく、僕のサインでした。

少しずつ記憶が蘇《よみがえ》ってきました。当時もインクが薄いなと思ったことが思い出されます。

ただ、それ1枚だけ見ていた時は、ここまで薄いとは思いませんでした。周りのサインと比べるとやばい薄さです。

これがお前の芸能人としての価値だ！　と言われてるようで、胸が痛くなります。

店員さん、もう一度僕に気付いてくれませんか？

もっとしっかりインクが出るペンで、濃いサインを書かせてくれませんか？

そう願ってみたのですが、店員さんが芸人の僕に気付く様子はまったくありませんでした。

友達の瞳に映る自分見て髪の毛直している女の子

芸人をしていると、アイドルの方と仕事をさせてもらう機会があります。
アイドルの方と仕事をさせていただくと、びっくりすることが色々とあります。
普段からこんなに元気なんだ、とか。

普段は普通の女の子なのに、ステージに立つとこんなにキラキラするんだ、とか。色々とびっくりさせてもらいましたが、今までで一番びっくりしたことは、他の人の瞳を鏡代わりにしているのを見た時です。

あるテレビ番組のロケの休憩中。

1人のアイドルが、メンバーの女の子に声をかけます。

「目、貸してくれない？」

え？　目、貸してくれない？

「手、貸してくれない？」というのは聞いたことがありますが「目、貸してくれない？」とは初めて聞くセリフです。

なんなんだろう？　と思いながら見ていると、メンバーの女の子は答えます。

「いいよ」

その後、2人は向かい合い、「目、貸してくれない？」と言った女の子は、そのメンバーの瞳に映る自分を見て、髪の毛を直しはじめました。

え？　瞳を鏡代わりにしてるってこと？

そんなこと可能なんですか？

髪を直している女の子がメンバーに言います。

「まばたきしないで」

いや、無理でしょ。無理な注文でしょ？

「わかった」

わかった⁉　わかったなの⁉　できるの⁉

「オッケー！　ありがとう！」

終わったようです。

そのアイドルの髪の毛を見てみると、しっかりと決まっているように見えます。

すごいな。

これって女の子あるあるですか？

それともアイドルあるあるですか？

もしくは、あの子たちだけの行動ですか？

9000円チケットノルマを支払ってふたりは5分喋る権利を

お笑い芸人としてライブに出る際に、チケットノルマがあることがあります。

チケットノルマとは、ライブに出演するために、そのライブチケットを買い取る制度のことです。枚数に決まりはありませんが、僕が出演しているライブでは5枚から

10枚ということが多いです。

このチケットが売れる場合はいいのですが、たまに売れないことがあります。

SNSで宣伝しても売れず、友達に連絡しても売れず、最後は肉親に言っても売れずということが、たまにあります。

そういった時でもノルマなのでチケットを返すことはできません。なので、チケットノルマの金額を自腹で払ってライブに出演するということになります。

自腹を切ってライブに出演するのは相当嫌なことではありますが、出演したライブでの漫才がウケた時はまだマシです。

笑い声を聞ければ、自腹を切ったことなんて忘れてしまいます。

最悪なのはウケなかった時です。

自腹を切り、漫才でスベり、早くここから立ち去りたいと思います。

お金を払って立っている舞台なのに、早く降りたいと思います。

この矛盾はなんなのか？　僕はいったいなにをしているのか？

そんな経験を、今までに何度かしてきました。

もう二度とこんな思いはしたくありません。

なので、僕はライブ会場で、あなたのお越しをお待ちしております。

パトラッシュもう疲れたよ眠いんだレッドブルとか効かないやつだ

深夜のアルバイトをしていた頃。深夜から朝までコンビニでバイトをして、そのまま芸人としてロケの仕事に行くということが、よくありました。

寝ずに行くので、仕事中に眠くならないためにも、栄養ドリンクやエナジードリンクを飲んでいきます。これが一日中効いている時もあれば、日によっては効かない日もあります。効かない日は、ロケの最中にとんでもなく眠くなります。

仕事中だぞ！　目を瞑《つぶ》ってはいけないんだ！　と自らを鼓舞しますが、瞼《まぶた》は否応なしに落ちてきます。自制できません。

たとえるならば、アニメ「フランダースの犬」のラストの教会のシーン。

主人公ネロが、愛犬パトラッシュと共に力尽きそうになり、最後にこう言います。

「パトラッシュ、疲れたろう。僕も疲れたんだ。なんだか、とても眠いんだ」

僕は、まさにこのシーンのネロと同じ気持ちになります。

疲れたんです。

とても眠いんです。

たまらないんです。

しかし、ネロと同じように力尽きるわけにはいかないと目を開けると、もちろんそこにはパトラッシュはいません。

いるのは、仕事中になに眠そうな顔をしてるんだ？　と冷めた目をしているスタッフさんたちでした。

言い合いがはじまりそうだイヤフォンをして聞こえないフリをしなくちゃ

札幌よしもとには、芸人がネタ合わせをしたり、打ち合わせをしたりできる練習場があります。

ある日、そこでパソコン作業をしていると、あるコンビが打ち合わせをしていました。

僕は特に気にかけるわけでもなくパソコンで作業をしていたのですが、２人の会話は徐々にヒートアップしていき、喧嘩に近い感じになっていきます。

喧嘩なんて見たくないし、聞きたくありません。

ましてやコンビ間のことなんて、他人が口を挟めるものではありません。

僕は２人に背を向け、会話が聞こえないようにイヤフォンをして音楽を聴くことにしました。

そうやって作業をしていたのですが、２人はどんどんヒートアップしていき、言い合いになりました。

僕はイヤフォンで音楽を聴いているのですが、そこに割って入ってくるような声量で言い合いをしています。

なかなかの喧嘩です。

気になって２人を見ると、今にも手が出そうな雰囲気です。

これはさすがにやばいかも。

僕はイヤフォンを外し、２人に声をかけます。

「ここで喧嘩はやめとこうか。みんなの場所だしさ」

するとコンビのうちの1人が言います。

「あ、すいません。今ネタ合わせしていて」

「あ、そうなの」

たしかに喧嘩みたいなネタはあります。

言い合いをするネタは、喧嘩のように見えたり聞こえたりすることがあります。

僕はネタ合わせを喧嘩と間違えてしまったようです。

「ごめんね、止めて」

「こちらこそすいません」

僕は改めてパソコンに向き合い、イヤフォンをして音楽のボリュームを更に上げました。

進捗はないです　とりまやった感でEnter振りかぶって叩きます

漫才のネタや、エッセイをパソコンで書いている時。

集中している時は問題ないのですが、集中できなかったり、書くことが浮かばない時には、色々な誘惑に負けてしまいます。

まずはYouTube。

音楽を聴きながらやるだけ……と開いたはずが、いつの間にか競馬名実況集に見入ってしまっています。

次にTwitter。

少し見るだけと開いたはずが、気づいたら20分もTwitterを見てしまっています。

そしてInstagram。

以下同文です。

こんなことをしていてはダメだと、ネットから離れますが、今度はパソコンのUSBに入っているデータのことが気になり出して、整理をはじめます。

今やることでは絶対にないのに、やりはじめてしまうと後戻りできなくなり、時間を取られることになります。

誘惑はパソコンやスマートフォンの中にだけ存在してるわけではありません。

目の前に雑誌があれば開いて読んでしまいますし、クッキーがあれば食べることに夢中になります。

窓があれば、普段は景色なんて気にしないくせに、ぼーっと景色を見るなんてこともしてしまいます。

そんなことをしているうちに、時間は経ち、集中のしてなさは、やる気のなさに変わります。

今日はこれ以上やってもダメだろう。やめよう。

僕はパソコンのエンターキーを、力強く叩きます。

なにも進んでなんかいないのに、さも、めちゃくちゃ進んだかのようにエンターキーを、手首にスナップを利かせて叩きます。

せめてやった感を出すために。

もちろん、白紙の原稿が、1行改行されるだけです。

なんで？とか聞かないでくれ　だいたいの場合理由はひとつじゃないし

初対面の人に芸人をやっているというと、なんで？　と聞かれることがあります。
短歌をやっているというと、なんで？　と聞かれることがあります。
その都度、僕は返答に困ります。

だって理由はひとつじゃないから。

芸人をやっているのも、短歌をやり続けていることにも、理由は何個かあって、その中の一番大きな理由を言えばいいのだとはわかっています。

ただやっぱり、〝それだけ〟を言うことでは、やっている理由の説明にはならないので、いつも返答に困ってしまいます。


なので僕は逆の立場になった時に、なんで？　と極力聞かないようにしています。

職業や趣味を聞いた時。

彼氏と付き合ったとか、彼女と別れたとかを聞いた時。

なんで？　とは聞かないようにしています。おそらく、その人たちも、理由はひとつじゃないはずですから。


先日、久しぶりにお会いした人と話をしていると、その方が「今、奥さんがイスラエルにいるんだ」と言いました。

え？

イスラエル？

え?

僕は思わず言っていました。

「なんで?」

「これならばひっくり返せる現状を」書き終えた時はいつも、いつもだ

漫才のネタを書き終えた後、思うことがあります。

このネタはすごい！　切り口は今までになく新しいし、賞レースでも結果を出せる！　このネタは、今の生活をひっくり返せる革命的なネタだ！

たまにそう思えるネタを書けることがあります。

しかし、いまだに生活がひっくり返っていないということは、残念ながら革命的なネタは書けていないということなのでしょう。

書いたネタが革命的ではないことに気付くタイミングは色々あります。

早い時は1時間後に思います。

これ、全然新しくないじゃん。書き終わった瞬間は舞い上がってただけで、よくあるパターンじゃん。そう思い恥ずかしくなります。

相方とネタ合わせでやってみて違うと思うこともあります。お客さんの前でやって、たいした反応がもらえず、革命的ではないんだと思うこともあります。

そんなことを今までに何十回と繰り返してきました。いい加減、書いた後にすぐ気付けるようになればいいんですが、なかなかそうはなりません。

先ほどもネタを1本書き終えて思いました。

これなら現状をひっくり返せるぞ！

さて、今回はいつ革命的じゃないと気付かされるでしょうか。

いやいや、今回こそ本物かもよ。

出囃子に知らない洋楽が流れ　いろはすだらけの舞台袖にいる

芸人としてライブに出演する際、他にも芸人さんがたくさん出演していることがほとんどです。

芸人は、舞台袖にペットボトルを置きがちです。

舞台袖とは、ステージ脇の、客席からは見えない裏側で、機材が置かれていたり、スタッフさんがいたり、出演者が舞台に出る直前に待機したりする場所です。芸人はそこにペットボトルを置いておいて、出番前にそれを飲み喉を潤してから、舞台に出るということを、よくします。

その結果なにが起きるかというと、舞台袖にたくさんのペットボトルが置かれることになります。

これが、すべて別のものなら、特に問題はありません。

しかし、舞台前に飲むものは、だいたい水と相場が決まっていて、その中でも【いろはす】が圧倒的な人気を誇ります。

なので、舞台袖が【いろはす】だらけになることが、よくあります。

各々がペットボトルに名前などを書いていればいいものの、そんなことをする芸人はほとんどいません。

その結果、誰の【いろはす】だかわかんねーよ、というトラブルがライブの舞台袖ではよく起きています。

先日、ライブの際、コンビニで水を買っていこうと【いろはす】を手に取った時に、僕はそのことを思い出しました。

またわかんなくなる。

よし、ここは別のものにしよう。

僕は【サントリー天然水】を買い、舞台袖に置いておきました。

舞台に出る直前、舞台袖まで行った僕の目に、驚愕《きょうがく》の光景が飛び込んできます。

今日は舞台袖に【サントリー天然水】が何本もあります。

みんな僕と同じように、【いろはす】が被らないようにと考えたのでしょうか？

その結果【サントリー天然水】が被りまくるという事態が起きてしまっています。

もちろん、誰もペットボトルに名前など書いていないので、僕の【サントリー天然水】はどれかわかりません。

どれかわからないのに、適当に飲むわけにもいきません。

舞台には出囃子が流れ、照明が点《つ》きます。

僕は喉を潤せぬまま、舞台に駆け出しました。

すぐそこにあるトホホ

僕の日々は小さな不幸の連続です。

不幸があると短歌ができます。

その短歌を読んで誰かが笑ってくれます。

そうすると僕の小さな不幸は

成仏できるのです。

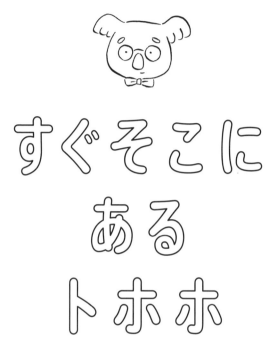

2年前こんなに浮かれていましたとFacebookが見せつけてくる

唐突にあやふやに吹く口笛は誰かがやめた口笛のつづき

カーリングみたくクイックルワイパーをしたからゴミが散らかってるよ

帰ろうと言い出す前の沈黙を作りたいのにずっと喋るね

見たこともない虫が肩にくっついて見てたらクラクション鳴らされた

いずれくる向かい風が気になりすぎて追い風を楽しめそうにない

写真とか見せなくていい　かわいいじゃん的なこと返すしかないから

印鑑も爪切りも鼻毛カッターも筆箱にある　筆だけがない

梅干しで唾は出ませんたべたことないからとアルバートが笑う

コピペだとバレないようにエクスクラメーションマーク2つほど増やす

キヨスクかキオスクか検索をする　キヨスクまたはキオスクだった

長渕の渾身のフレーズの時に画面に大雨警報が出る

僕がきたせいさっきまで喋ってた2人が黙りだす露天風呂

都合により休業しますの貼り紙がずっと剝がされないままの店

カーナビゲーションシステムだけ覚えてる　この場所は昔サンクスだった

ワンテンポ隣の席が早いのでコース料理次々とネタバレ

あいみょんが書いた校歌ならもうちょっとちゃんと歌うし歌うしマジで

ふっくらでおいしいと書いてるおにぎりがパサパサで　でもとてもおいしい

リポビタンDってこんな色なんだ　ぶちまけたから気付けた　よかった

自転車を漕ぐ時間より乗る前の助走の方が長いおばさん

呼んでないエレベーターを待ってたと気付いてなんか階段でいく

僕たちが負けた分だけ煌々と光ってるマルハンの照明

実はもう死んでるというネタバレを聞いた後に見るシックス・センス

誰に見栄張ってるんだろう五百円玉を選んで募金している

注意するほどじゃないけどないんだけど新人さん少し休憩長い

コンビニの深夜のアルバイトをしていた時の話。

そこそこ長く働いていた僕は、新人さんの指導を任されることになりました。指導といっても、たいそうなものではなく、一緒に勤務に入り仕事を教えていくだけです。

僕が働いていたコンビニでは、決まった休憩時間というものが設けられていました。新人さんにその旨を伝えて、休憩に入ってもらいます。ちなみに休憩時間は45分です。

休憩に入ってから40分経ちました。

新人さんは、まだ売り場に戻ってきません。

初日ですから5分前に戻ろうという意識があってもいいはずだと僕は思います。もちろんそんな意識はなくてもいいものです。だって休憩時間は45分なんですから。

休憩に入ってから45分経ちました。

新人さんは、まだ売り場に戻ってきません。

ん？

休憩に入ってから47分経ちました。

彼は売り場に戻ってきました。

47分です。

2分遅れです。

だけど、ほぼ45分とも言えるので、まーいーでしょう。

後日、また同じシフトに入った時がありました。彼は休憩に入りましたが、45分経っても戻ってきません。

ん？

今回は48分後に戻ってきます。

ん？　ん？

彼のそんな2～3分の遅れは、何日か続きました。

もっと遅れてくれれば注意もできるのですが、2～3分というのはすごく微妙です。

それくらいの時間で注意をしたなら、すごく小さな人に思われそうです。

しかし、言わないことによって、僕の心のモヤモヤは大きくなり続けるばかりです。

よし、今日言おう。

注意とかじゃなく、軽い感じで言ってみよう。

「一応休憩45分だからさ。僕の時はいいけど、他の人は気にするかもしれないから、少し早めに戻って来た方がいいかもね」

そんな感じでフランクに言ってみよう。

そう決めた、次の彼と一緒の出勤日。

彼は、休憩時間しっかり45分で売り場に戻ってきました。

2年ほど毎日使っていた道はだいぶ遠回りだったみたいだ

2年ほど前に引っ越しをしました。以来、家から職場まで、毎日のように歩いて通っているのですが、いつも同じ道を使っています。

その道が一番近いと思っていたから。

この前、いつも使っている道で信号が赤になった時に、たまには違う道を通ってみようと思い、曲がったことのない道を曲がってみました。

その後も、適当に、なんとなく目的地の方向に進むように歩きました。

すると見慣れた場所に出ました。

あれ？　もうここに着くの。

いつもの道を使うと、もう少し時間をかけなきゃ着かない場所に早くも着きました。

一番近いと思っていた道は、一番近い道ではなく、もっと近い道があったようです。

ということは、僕2年もの間、遠回りしていたってこと？

僕はこの2年の日々を思い、とても切ない気持ちになりました。

こんなに適当に曲がって近道を見つけられたってことは、もしかしてさらにもっと近道があるのではないか？

僕は次の日、いつもの道とも昨日見つけた道とも違う道を通って、職場に向かってみました。見慣れない道を通り、ようやく見慣れた場所に着きます。

え？　まだここ？

この道めっちゃ遠回りじゃん。

3人で並んでたけど2人だけ呼ばれて今1人で待っている

先日、知り合い2人と3人で、お酒を飲んだ後に、ラーメン屋さんにラーメンを食べに行った時のこと。

時刻は深夜2時頃だったでしょうか。

そのお店は人気店で、しかもカウンターで8席ほどしかない店なので、僕らが行った時には行列ができていました。

そこに並び、順番を待っていると、僕らの番が来て、店員さんが言ってきます。

「先、お2人様ご案内できますが」

できるなら3人で入りたいところです。

ですが3人並びの席を待っていたら、いつになるかわかりません。

後ろにも行列ができています。

僕は咄嗟《とっさ》の判断で「先に2人入っていいよ」と促します。

「ありがとう」

彼らは、そそくさとお店の中に入って行きます。

「いや、俺が待つから先いいよ」とかないんだ、と少しだけ思いながらも、僕は1人で待つことになりました。

15分ほど経った頃でしょうか。

僕が呼ばれてお店の中に入ると、知り合い2人は、ほぼラーメンを食べ終わったところでした。これから入ってくる人のために席を空けようと、彼らは店を出ます。

「外で待ってるから」

彼らは言ってくれました。

待っててくれるんだ。嬉しい！

そう思ったのは一瞬で、でも、待ってるプレッシャーの中食べなきゃいけないじゃん。早く食べなきゃいけないじゃん。

そんな考えが、僕の中で湧き上がってきます。

僕はラーメンが来ると急いで啜《すす》り、とにかく早く食べることに集中します。正直、味なんて堪能できてませんし、途中、口の中を火傷《やけど》しました。だけど外で2人が待ってるから。

その一心で、ラーメンを食べ終え外に出ると、2人が待っています。

「待っててくれてありがとう」

そう声をかけると、2人は「全然いいよ」と言ってくれました。

そして1人が「じゃー帰ろうか。俺タクシー乗るから。またね」と帰っていきます。

もう1人も「じゃー私こっちだから。また！」と帰っていきます。

僕は彼らとは別の方向に向かって歩き出します。

待っててくれて嬉しかったけど、どうせ3人バラバラなら、もう少しゆっくり食べられたんじゃないだろうか。そんなことを思いながら。

その奥に元カノの実家があると　この道を通るたび言う人

よく仕事で一緒になる芸人さんがいて、その方とは仕事に行く車も、たびたび一緒になっています。

彼は、ある道を通るたびに言います。

「ここ元カノの家の近くだわ」

その道を通るたびに必ずそれを言います。

なにかエピソードが続くわけでもなく、ただその事実だけを言います。

別に害はないのでいいのですが、毎回毎回言う意味がまったくわかりません。

しかも、彼は不思議なことに、そのことを毎回、1度目かのように言います。

こちらとしては何度も聞いているのですが、彼は毎回まるで初回かのように、それを言ってきます。なので、「前も聞いたわ！」などとつっこむことができずに、毎回はじめて聞いたかのようなリアクションを取ります。

この時間はなんなんだろう？　不思議でたまりません。


この前、別の人とその道を通った時に、僕は、その芸人さんの話をしました。

「毎回言うんだよ。毎回初回みたいに。おかしくない？」

一通り話した後、その方が僕に言いました。

「お前、前もこの道通った時、その芸人さんの話してたよ」

え？

僕も彼とおんなじでした。

餃子12個入りを頼んでるのに1つもくれる気がなさそうだ

先輩の芸人さんとラーメン屋さんに行った時の話。
僕はラーメンを、先輩はラーメンと餃子を頼みました。
料理がきます。

餃子は12個入りです。

僕はラーメンを食べ、先輩はラーメンと餃子を食べます。

「餃子食べていいよ」

先輩から、いつそう言われるかと思いながらラーメンを食べていたのですが、ひとつまたひとつと、先輩の口の中に餃子が吸い込まれていきます。

「餃子食べていいよ」

結局、その言葉はもらえないまま、目の前の餃子は無くなりました。

え？

餃子12個あるのに1個もくれないなんてことあります？

餃子12個ある先輩が、後輩に餃子1個もくれないなんてことあります？

もちろん先輩が頼んだ餃子ですので、所有権は先輩にあります。

なんなら、そこの会計はすべて先輩が出してくれたので、餃子をすべて食べることはおかしなことではないのかもしれません。

だけど、12個ある餃子を1つもくれないなんてことあっていいんですか？


店を出た後、僕は先輩に言いました。

「餃子1個もくれなかったですね」

するとと先輩は言います。

「食べたかったんなら言えばいいじゃん」

違うんですよ！　僕は餃子を食べたかったんじゃないんです！

餃子が12個ある時に「食べていいよ」と、一言言ってくれる先輩であってほしかったんですよ！


これは、もう5年ほど前の話になります。

しかし、僕は今でも先輩芸人さんに会うと、たまにこの話をします。

そのたびに「まだ言ってんのか」と言われます。

僕は言い続けますよ。もう一度ラーメン屋さんに行って同じ状況になった時に、先輩に「食べていいよ」と言われるまでは。

ドトールに行くのをやめて空き時間個室トイレで座って過ごす

お金の節約をしています。

若い頃はあればあるだけ使っていました。給料日にお金がなくなるならまだいいほう。給料日の何日も前にお金が尽きるのが当たり前、という生活をしていました。

しかし30代も後半になり、少しは将来のために貯《たくわ》えをしなければいけないという理由で、最近は節約をしています。


昔は外出をすると、必ずペットボトルの水やお茶などを買っていました。

しかし最近は、水筒に麦茶を入れて持ち歩くようにしています。

昔はひと駅の距離でも、平気で地下鉄に乗っていました。

今は5駅くらいの距離なら、時間に余裕があれば歩くようになりました。

昔は30分くらいの空き時間があると、喫茶店に入り時間を潰していました。

今は1時間くらいの空き時間なら、公園やショッピングモールの中のベンチで過ごすようになりました。

先日も仕事と仕事の合間に30分ほどの空き時間があったので、どこかのベンチに座ろうと思ったのですが、街中なので公園はありません。

ショッピングモール内のベンチも探したのですが、空いてる場所がありません。

どうしようかと思っていた僕の目に、あるものが飛び込んできました。

トイレです。

個室トイレなら座れるじゃん!

そう思った僕は、トイレの中の個室トイレに入り座りました。

座れてよかったと思ったのは、最初の1分くらいだったでしょう。

すぐに僕は思います。

さすがにこれはダメだ。

節約とはいえ、こんなことをしていたら、お金以上に大事ななにかを失ってしまう。

そもそも個室トイレは用を足す人のためのもので、決して節約のために空き時間に座っていい場所ではない。

そう思い直した僕は、個室トイレを出て、トイレを出ます。

その時、トイレの前の空いたベンチに、おばさんが座るのが見えました。

すすきのを3周したのにあのホスト僕の原付にまだ座ってる

「僕の不幸を短歌にしてみました」という連載をはじめさせていただいてから、1年以上が経ちました。

はじめた頃はここまで続くなんて思ってもなく、ひとえに幻冬舎さんと読んでくれているみなさまのおかげです。

本当にありがとうございます！

連載の1首目は今でもはっきりと覚えています。


左手に見えますホストに座られているのが僕のスクーターです

札幌の歓楽街すすきのにスクーターを停めていたらホストの方に座られていて、「よけて」と言えない僕は、すすきのを意味もなく歩いた……という話を書かせてもらいました。

今回はその続きの話を書いてみようと思います。


すすきのを30分くらい歩き、スクーターの元に戻ったのですが、ホストの方はまだ僕のスクーターに座っています。

正確にはスクーターの後ろの部分に腰かけています。

このままでは問題が解決しなそうだ。

どうしよう？

言うか？

「よけてください」と言うか？

もしくは、無言でスクーターに座り、自分の物だというアピールをするか？

いや、そんなことができたら、ここまで悩んではいません。

却下です。

では、向こうに芸能人がいるみたいな動きを取ってみるのはどうだろう？

「あっちで長澤まさみがロケしてた！」とか騒げば、ホストの方は見に行くためにスクーターから腰を上げるでしょう。

その隙に、スクーターを奪えばいいのではないか？

いや、そんなことをして嘘だとバレて、もし絡まれたりでもしたら大変です。却下です。

では、横でキッチンカーを出店するのはどうだろう？

美味《おい》しいケバブでも出せば、ホストの方は買いに行くためにスクーターから腰を上げるでしょう。

その隙にスクーターを……。

いや、あまりにも現実味がなさすぎます。

却下に決まってます。

色々と考えた挙句、僕は今日は地下鉄で帰り、明日スクーターを取りに戻ることにしました。

自分のスクーターなのに、自分の好きな時に乗れないってなんなのだろうと思いながらも、帰宅し、次の日の朝、スクーターの元に向かいます。

もちろんホストの方はもういません。

僕はスクーターのシートに座ろうとしたのですが、その時に見つけてしまいました。

シートにべったりと付着した、鳥の糞《ふん》を。

ここからは投げてもどうせ入らない　歩いてゴミ箱に捨てにいく

子どもの頃。ゴミをゴミ箱に捨てる時。

これが入ったら明日のテストはいい点数が取れるとか、なにかいいことがあるとか決めつけて、遠くからゴミ箱に向かってゴミを投げたことがよくあります。

入ればそれでいいですし、もし外れても、これは練習だからとか、次に入ればいいんだとかと言い聞かせては、何度も投げていた記憶があります。

入ったおかげでいいことがあった覚えはありませんが、その時間が純粋に楽しかった記憶があります。


先日、机からゴミを捨てようと思った時。

ゴミ箱はそこそこ遠くにありました。

ここから投げて、もし入ったら明日いいことがある。

昔を思い出し、投げようと思った時、もう1人の僕が言ってきます。

「でも、外したら結局歩いて捨てに行かなきゃいけないんだよ。じゃー最初から歩いて捨てに行ったほうがいいんじゃない？」

たしかにそうです。効率を考えればそうかもしれません。

だけど、生活の中にそういう小さな楽しみがあってもいいじゃないか。

そう思い、投げようとしたのですが、またもう1人の僕が言います。

「入ったところで、どうせいいことなんて起きないよ」

強烈な一言です。

人生経験からくる、どうしようもなく強烈な一言です。

僕は立ち上がり、歩いてゴミ箱まで行き、ゴミを捨てました。

振り返ると、そこには子どもの頃の僕がいて、冷めた目をして、こっちを見ていました。

大きめの金魚か小さめの鯉なのかわかんないのが泳いでいるな

先日、休みを利用して旅館に泊まりに行きました。
その旅館のロビーはとても豪華で、池もあります。
なんとなしに池を覗《のぞ》いてみると、そこには大量の鯉が泳いでいました。

鯉、鯉、鯉、鯉とたくさんの鯉が泳いでいる中に、僕はかなり小さめの魚を1匹見つけます。その魚は小さめの鯉といえば鯉ですが、大きめの金魚の可能性もある大きさです。

あいつはなんなのだろう?

気になった僕は、近くにいる清掃員さんに「あの小さいのは鯉ですか?」と聞きました。

すると清掃員さんは「俺もわかんねーんだよな。他のは間違いなく鯉なんだけど、あいつ鯉かな?」と言ってきます。

僕が聞いたのに、逆に質問される始末です。

こうなってくると、あいつの正体が気になってきます。

お風呂に入っていても、夕食のバイキングを食べていても、あいつの正体はなんなんだろう? という疑問が、頭から消えてくれません。

スマートフォンで調べてみても、いまいち答えがわかりません。

そして寝る頃になると、あいつの正体がなんなのかよりも、あいつは旅館の人間にも正体がわかってもらえていない、誰にもなにかわかってもらえていない、なんて悲しいやつなんだ……という同情の方が大きくなってきます。

そんなことを考えていたので、眠りは浅く、なんだか疲れが取れていないどころか、より疲れたような気がします。

せっかくの旅館なのに、お風呂もご飯もあまり楽しめず、より疲れて帰ってくる。

これもすべて、あの鯉か金魚かわかんないやつのせいです。

牧水の生家から見える牧水が見た山々と見てないママチャリ

先日、仕事で宮崎県に行く機会がありました。

宮崎県に行った際には、昔から行ってみたい場所がありました。それは若山牧水の生家です。

若山牧水といえば、

白鳥はかなしからずや空の青海のあをにも染まずただよふ

幾山河越えさり行かば寂しさの終《は》てなむ国ぞ今日も旅ゆく

などの名歌を残した歌人です。短歌を詠んでいる僕にとっては憧れの人で、その生家が残されているならば、是非行きたいと思っていました。

その日、僕は仕事の合間を縫って若山牧水の生家に行くことができました。もちろん修繕されていたり、観光用に整えられたりはしていましたが、家や馬小屋は当時に近い形で残っています。ここで牧水は育ったのかと、とても感慨深い気持ちになりました。

生家は小高い丘の上にあり、家を出て外を見渡すと、そこには壮大な山々が広がっています。牧水も、この景色を見たんだな。

今、牧水と同じ景色を見ているんだな、と感動していた僕の目が、あるものを捉えます。

ママチャリです。

牧水が生まれたのは1885年で、おそらくその時代にママチャリはなかったでしょう。なので、牧水が見ていた景色の中にはママチャリはなかったはずです。

牧水と同じ景色が見たかったのにと思っている僕の目は、更にママチャリの横にあるものを捉えます。

スクーターです。

牧水が生まれたのは1885年で、間違いなくその時代にスクーターはなかったはずです。

牧水と同じ景色を見るのは無理そうだ。

それはとても残念なことでしたが、そのおかげで短歌が1首できました。

ありがとう、若山牧水。

ありがとう、自転車の持ち主さんとスクーターの持ち主さん。

開く前のエレベーターから明らかにはしゃぐ男女の声が聞こえる

先日、仕事を終えて帰ろうと、エレベーターを待っていた時のこと。
これから下がってくるエレベーターから、男女の声が聞こえてきます。
僕は3階。エレベーターは5階。

2階下にまで聞こえてくる、若い男女の楽しそうな声。
この人たちと、エレベーターで一緒になるのか。

その日は仕事があまりうまくいかず、テンションはかなり下がっていました。
1人で静かにしていたい気分です。そんな時に、男女の楽しそうな声です。
一瞬とはいえ、この人たちとエレベーター内で一緒になるのか。しんどいな。
階数表示が動き出し、エレベーターが下がってきます。
4階。
男女の声が大きくなってきます。階段で行こうかな。
3階。
男女の声は目の前です。来ちゃったし仕方ないや。一瞬だけ我慢しよう。
2階。
あれ？　なんで？
男女の声が遠ざかっていきます。

そうか、僕、下がるボタン押してないや。

だいぶ前に薦めた本が置いてあり　しおりはかなり前半のまま

本を出版させていただいたことで、たくさんの人から、読んだよと言ってもらったり、感想をいただいたりしています。本当に嬉しく、とてもありがたいことです。

先日も、とある後輩芸人から「本、読みました!」と言ってもらえて「この歌とこの歌が好きでした!」と、具体的な感想ももらえました。

めちゃくちゃに嬉しいことです。

お礼を言った後に、そういえば、この後輩に、昔オススメの本を聞かれて、ある本を薦めたことがあったことを思い出しました。

なので「あの本はどうだった?」と聞くと「あ!　○○と○○が出会ったところで止まってます」と元気な答えが返ってきました。

そのシーンは序盤も序盤です。ページ数でいうと10ページ目とかのレベルです。

本は今の自分に合う合わないがあると思うので、無理やりに読めとは思いません。

ただオススメを聞かれたのは、もう1年以上も前のことです。

それで10ページ!?　自分から聞いておいて10ページ!?

文句のひとつでも言おうと思いましたが、考え直します。

この人、さっき僕の本、褒めてくれたんだよな。

しかも、読んでなければ言えないような感想を具体的に言ってくれたんだよな。

そんな人に、僕は文句を言えません。

僕は、今後この人には、その本の話を振らないと、固く心に決めたのでした。

そういうの興味ない人の口の中　まゆげコアラが投げ込まれてく

ロッテの大ヒット商品「コアラのマーチ」には、お菓子ひとつひとつにコアラの絵柄が印刷されています。コアラが楽器を弾いていたり、スポーツをしていたりと様々で、まゆげがあるまゆげコアラやお腹の部分に傷があり泣いている盲腸コアラなどは、レアとされ、あまり見かけることがありません。

コアラのマーチを食べる際は、ひとつひとつがなにコアラか確認しながら食べるのも、楽しみです。

先日、友達と一緒にコアラのマーチを食べる機会がありました。

僕はいつものように、ひとつひとつがなにコアラかを確認しながら食べていきます。が、ふと友達を見ると、なにコアラかを確認せず、どんどん口の中にコアラのマーチを放り込んでいきます。

え？

別に絵柄を確認することは義務ではありません。

コアラのマーチは美味しいので、次々と食べたくなる気持ちもわかります。チョコだけど、ひとつひとつ違うコアラが描かれているんです。チョコだけでなく、絵柄も味わってほしいな。と、ロッテの人間でもないのに思ってしまいます。

もし、確認しないで口の中に放り込んでいったコアラのマーチの中に、まゆげコアラや盲腸コアラがいたらどうするんですか!?

そうか。きっと、そういう人は、まゆげコアラとか盲腸コアラとか、どーでもいいんでしょうね。

ほぼ同じツイートなのに14万いいねの人　105いいねの僕

北海道は帯広市にある帯広競馬場に仕事で行った時のこと。
僕は競馬場の隅に、あるものを見つけて、驚愕します。
それは地面いっぱいに置かれている、とうもろこしです。パッと見で、とうもろこしが何百本とあるのがわかります。

なんだこれは？

あたりを見回すと立札があり、こう書かれています。

「ご自由にお持ち帰りください」

しっかり読んでみると、収穫でとうもろこしが余ったので、無償で提供しているということでした。

この光景がすごいなと思った僕は、それを写真に撮り、Twitterに上げました。

いつもの僕のツイートのいいねの数は、5や10なことがほとんどなのですが、そのツイートは画像のインパクトからか、いいねの数がグイグイ伸びていき、すぐに100ほどのいいねがつきました。

めっちゃいったじゃん！

いいねの数がすべてではないけど、いいねがつくのは嬉しいものだな。

そう思ってTwitterを見ていると、僕と同じようにそのとうもろこしの画像をツイートしている人を見つけました。

そして、そのいいねの数はなんと、14万を超えています。

14万!?

見てみると、Twitterに上げた時間はそちらの方が先で、写真の画角も、とうもろこしが多く見え、上手に撮れています。

にしてもこんなに差つきますか？

14万と105。

同じようなツイートなのに、13万9895も差がつきますか？

いつもよりいいいねがついて嬉しかった気持ちはとっくになくなり、おおいに悲しい気分になりました。

節約のために水筒持ち歩き　パチンコでむちゃくちゃ負けている

水筒に麦茶を入れて持ち歩いています。

昔は毎日、ペットボトルの飲み物を買っていたのですが、麦茶を作って持っていけばめちゃくちゃ節約になるのではないか。そう思い立ち、水筒を持ち歩く生活をはじめました。

ペットボトルが1本100円として、週に700円の節約。

1ヶ月に3000円も節約になっています。

この生活を僕は今、1年ほど続けていますので、3000円×12ヶ月、1年で3万6000円の節約をしています。

3万6000円は大きな金額です。


先日、空き時間ができた時に、近くにパチンコ屋さんがあったので、少しだけ遊ぼうと思い、僕はパチンコをしました。

少しだけ遊ぼうと思って入ったはずが、なかなか当たらないことで熱くなっていき、投資は増えていきます。

気付くと僕は、パチンコで4万円ほど負けていました。

4万円。

1年間節約をした、飲み物の金額以上の負けです。

やってしまった。

麦茶を飲もうと水筒を取り出すと、水筒はからっぽでした。

1等が出ましたという看板があるから買わないこの売り場では

街中を歩いていて、宝くじ売り場を見つけると、買ってみようかなという気になることが、たまにあります。

サマージャンボや年末ジャンボなど、大きめのものをやっている時なんかは特にです。

こういう夢を見るのもいいよな。よし買おう！　と宝くじ売り場の前まで行き、財布を出すところまでいきます。

そこで、僕の目に、ある文字が飛び込んできます。

「当売り場から1等が出ました」

「当売り場から7億円が出ました」

他の方は〝よし！　なら今回も出るかも！〟と思うのかもしれませんが、僕は逆のことを思います。

1回出たってことは、もう出ないのではないだろうか。連続で7億円が同じ売り場から出るなんてことはないのではないだろうか。

現実的に1等や7億円が当たるなんてことは思っていません。だけど夢を見るのですから、可能性は残しておきたいんです。

なので、僕はこの売り場で買うのをやめ、他の売り場を探します。

次に見つけた売り場は、人通りの少ない小さな宝くじ売り場です。

その売り場の前には「1等が出ました」や「7億円が出ました」などの、煽《あお》り文句はひとつもありません。

こんなところで買って当たるのか？
こんな辺鄙《へんぴ》なところで7億円なんて出るわけないじゃん。
僕は買うのをやめようと思います。
だけど、夢を見ると言っておいて、なにも買わないのはさすがにどうなんだろう？
そう思った僕はその場で当たりがわかる200円のスクラッチくじを買い、削ります。
結果は、みなさまのご想像通りです。

爽健美茶Sサイズには似合わない立派なトレイと長いレシート

先日、ファストフード店に行った時の話。

次の予定まで2時間ほどの時間があったので、セットでも頼んで時間を潰そうと思い、レジで財布を開くと、財布の中に全然お金がありません。

セットを頼めるようなお金などなく、頼めてSサイズのドリンクくらいです。

お金をおろしにいくことも考えましたが、結局めんどくささが勝ってしまい、僕は爽健美茶Sサイズを頼みました。

店員さんは、爽健美茶Sサイズを大きなトレイに載せて僕に渡してくれます。そして、爽健美茶Sサイズだけとは思えないくらい長いレシートをくれました。120円しか払っていないのに、なんかすいません。

僕は席に着き、爽健美茶をちょびちょび飲みながら2時間の時間を過ごしました。最後の方は、爽健美茶ではなく、溶けた氷の味しかしないものを飲んでいました。時間がきたので、席を立ち、トレイを下げようとすると、店員さんが丁寧に話しかけてきます。

「そちら、お下げしておきますね」

僕は恐縮しながらも、トレイを店員さんに渡します。

120円しか払っていないのに2時間も居座って、更にトレイまで下げていただきすいません。

店を出ようとすると、レジにいた3人の店員さんが丁寧に「ありがとうございました」と礼をしてくれました。

120円しか払ってないのに、丁重に扱っていただきすいません。
僕は足早に店を後にしました。

保安検査場で金属探知機をまた顔面に当てられている

飛行機に乗る前には、必ず保安検査場を通ります。

保安検査場は、飛行機の安全運行のため、搭乗前に搭乗者のボディチェックと機内に持ち込む手荷物の検査を行う場所です。

僕は毎回、カバンやスマホ、財布などはすべてカゴに入れ、ポケットになにも入ってない状態で、金属探知機をくぐるのですが、たまに金属探知機が鳴ります。

ベルトや靴に金属はついてないし、ピアスなどもしていないのですが、ごく稀に、金属探知機が作動します。すると係員さんが、手持ちの先が丸い金属探知機を取り出して、体に当ててきます。

安全運行のための入念なチェック。

素晴らしいことだと思います。


先日、飛行機に乗る際に、保安検査場を通ろうとした僕は、金属探知機で引っかかってしまいました。

もちろん金属製のものは身に着けていません。

すると係員さんがやってきて、先が丸い金属探知機で僕の体を調べ出します。

体が終わった後、その係員さんは、おもむろに僕の顔の前に金属探知機を当ててきます。

え？

顔ですか??

なんでですかね??


ピアスとかってことですかね？　もしくは金属の歯とかってことですか？

まさか顔面凶器ってことじゃないでしょうね？

疑問に思っている僕を無視し、係員さんは、僕の顔の前で金属探知機を何度か回した後に言います。

「大丈夫です」

大丈夫です？

なにがですか⁇

顔が大丈夫ですってなんですか???


その後、この話を色々な方にしたのですが、顔面に金属探知機を当てられたなんて人には、いまだに会えていません。

同じ経験した方、いらっしゃいますかね？

家族
だから
トホホ

家族には哀愁がつきものです。

決して裕福ではなく、

少し不幸が多めの僕の家族の思い出を

短歌に閉じ込めて、

成仏させてみました。

親も生まれる場所も選べないならふりかけくらい好きなの選ぶ

地下鉄で3駅の場所に越す姉を　泣いて見送っている母親

大声で泣いていたんだ生まれたということは死ぬと知っていたから

もう二度と誰かの孫になることはないと気付いている三回忌

みかんに指突っ込み「すごく腫れた」とか言ってる30超えて実家で

今のとこ取っても取っても殻だけだ　しじみ汁　身を見つけられない

実家に両親と3人で住んでいた頃のこと。

両親は18時頃には夜ご飯を食べるのですが、僕はその時間に家にいることはほとんどなかったので、帰宅してから1人でご飯を食べるのが基本でした。

僕が家に帰るといつも、母親が食事の支度をしてくれます。

深夜であっても起きてきて、ご飯を茶碗によそい、おかずと汁物を温めて出してくれます。

その日の汁物はしじみ汁でした。

そのしじみ汁には、山ほどのしじみが入っています。

3人のうちで一番最後に食べるのは僕なので、残りを全部入れてしまおうということもあるのでしょうが、しじみが大量に入っていました。しじみをたくさん食べさせてあげようという母親の愛情もあるのでしょう。

自分たちはあまり食べずに、僕のためにしじみをたくさん残してくれたのかもしれません。

ありがたいと思いながら、しじみの殻から中身を取り出す作業に入ります。

1個目。空です。

2個目。空です。

3個目。空です。

その後も見ても見ても、身は入っていなくて、結局すべてを見終わっても、しじみの身はひとつも見つけることはできませんでした。

なんだよこれ。

しじみ汁じゃなくて、しじみ殻汁じゃないか。

そう思いながら、しじみ汁をかき混ぜると、お椀の底にひとつだけしじみの身を見つけることができました。

殻の中には入ってなくて、汁の中に身が入ってるじゃん、身。

嬉しくなった後に、ひとつ疑問が湧いてきます。

あれ？

てことは、両親はしじみの身をしっかり食べたってことですかね？

殻から汁の中にこぼれ落ちたしじみの身は自分たちで食べて、僕に殻だけを残したってことですかね？

愛情だと思っていた行為は、実は全然愛情じゃなかったってことですかね？

そのことを聞こうとも思いましたが、もし肯定されてしまうとへこむので、今も聞けずにいます。

真相は闇の中、もしくは、しじみ汁の中です。

頼まれた電球カバーはつけれずにでも夕飯は食べてから帰る

実家の近くに住んでいるので、頻繁に実家に帰ります。

父親も母親も若くはないので、生存確認というもっともらしい理由をつけて、ご飯を食べに帰ることもたびたびです。

実家に帰ると、頼まれごとをすることがあります。荷物を車から運んでほしいとか、携帯の迷惑メールが届かないようにしてほしいなどを頼まれるのですが、もちろんそれくらいのことはやります。

先日、実家に帰ると「茶の間の電球カバーを交換してほしい」と頼まれました。高いところでの作業なので、若くない両親には危険な作業です。もちろんやってあげることにしました。

脚立《きゃたつ》に乗り、やってはみたものの電球カバーが全然つけれません。

説明書を見て、何度も挑戦しますが、まったくつけれません。

息子として、下から不安げに見守る両親の期待に応えたいと、悪戦苦闘しますが、全然ダメです。

15分ほど挑戦しましたが、つけれる気配がまったくなく、さっきまで状況を見守っていた両親も、諦めてもうどっかに行ってしまっています。

これ以上やっても無理だと思った僕は、仕方なく諦めることにしました。

脚立から降りると夕飯が用意されていました。

僕のための夕飯です。

美味しくいただきました。

ご飯をおかわりしました。
電球カバーつけれてないのに。

ガラス戸を杖で叩き割り帰宅したことが何度かある父親です

僕の父親は生まれつき足が悪く、歩く時に杖を使うことがあります。
僕が子どもの頃、夜眠っていると急に「ガシャーン」という音がしました。
僕の実家は昔、木造の一軒家で玄関の戸がガラス戸だったのです。

母親と音のした玄関の方を見に行くと、父親が、ガラス戸を割って家に入ってくるところでした。

もちろん父親は家の鍵を持っています。

鍵を忘れていたとしても、家にはチャイムというものがあります。

なので、ガラス戸を割って家に入ってくる必要はひとつもありません。

しかし父親は、なにかに腹を立てていたのか、虫の居所が悪かったのかわかりませんが、怒りながら杖でガラス戸を割り、家に入ってきました。

それを見た僕は、もちろん怖い気持ちもありましたが、そこまでできるなんて、と心強く思う気持ちもありました。

子どもの頃、そんなことが何度かありました。

父親の怒った声と、母親が割れたガラスの片付けをしている姿を、よく覚えています。

時は経ち、今は父親も相当穏やかになり、声を荒らげることもほとんどなくなりました。

もちろん、ガラス戸を割って家に入ってくるということもありません。

そもそも、引っ越して、実家の玄関は今やガラス戸ではありません。
ガラス戸であれば割るくらいの元気は、今でも父親にはあるはず。
今はガラス戸じゃないから割らないだけで、それだけの元気は父親にはあるはず。
きっとそうなはずです。

この世には一台しかない想定で到着時刻を叩き出すナビ

実家の車をたまに運転します。
その車に付いているカーナビが、なかなか古く、なかなかポンコツです。
もうそこにはない店を、堂々とそこに建っているかのように説明してきます。

ナビの指示通りに走っていたら、さっき走っていた道に戻ってきていたなんてことも、たまにあります。

なかなかにポンコツです。

先日も、仕事の打ち合わせに向かうために実家の車を借り、カーナビに目的地を入れました。

カーナビは、到着時刻を表示してくれるのですが、その到着時刻は、僕が目指してる時刻よりも相当に早いものでした。

打ち合わせに、早く着きすぎてしまうのも、いいものではありません。

時間を調節するためにコンビニに寄ろう。

そう思い、僕はコンビニで時間を潰し、よきところで車に戻りました。

カーナビの到着時刻は、僕が目指してる時刻の10分前になっています。

いい時間だ。

10分前に着いて、5分前に打ち合わせの人と会えるのは理想の時間配分です。

僕はアクセルを踏み、車を発進させます。

走り出して少し経った時。

カーナビを見ると、到着時刻がさっきより少しだけ遅い時刻になっています。

あれ？

もう少し経って、また画面を見ると、更に到着時刻が遅くなっています。

あれ？　あれ？

特に頻繁に信号に引っかかるだとか、道が渋滞してるということはありません。

車のスピードも、特に遅いということはありません。

なのに、走れば走るほど到着時刻は遅くなっていきます。

え？　なんで？

まさか、このカーナビ、車は自分しか走ってなくて、信号はひとつもないものだと思ってません？　車が一瞬たりとも止まったり、スピードが減速することはない想定で、到着時刻出してません？

そんなことがありながらも、車は目的地に到着しました。

僕は不幸を短歌にし、不幸なエッセイを書く仕事をしています。

ということは。

ご想像の通り、打ち合わせには遅刻をし、そこそこ怒られました。

プレイするお金はないからゲーセンでデモ画面真剣に見ている

小学校高学年くらいの頃。
週末は親に連れられて、スーパー銭湯に行くことが、よくありました。
お風呂に入って、ご飯を食べると、僕はゲームコーナーに走ります。

当時の僕はゲームが好きで、親からお金をもらって、ゲームコーナーでゲームをするのが楽しみでした。

しかし好きだからといってゲームが上手《うま》いわけではありません。

むしろゲームが下手な僕は、すぐにゲームオーバーになり、お金がなくなってしまいます。

まだやりたいと親にお金をねだっても、そう簡単にはもらえません。

そんな当時の僕が、ゲームを続けるために考え出した方法が、デモ画面でゲームをしている気になるというものです。

ゲームセンターのゲーム機は、プレイをしていない時にはデモ画面というものが流れます。ゲームの映像がただ流れているだけのものです。

それを僕は、さもやっているようにすることで、ゲームをしている気になっていました。

デモ画面なので、キャラクターは勝手に動きます。

それをさも動かしているかのように振る舞います。

時にはコントローラーも必死に動かします。

本来なら、コントローラーの動きに合わせてキャラクターが動くのに、キャラクターの動きに合わせてコントローラーを動かすというおかしな行動を懸命にします。

冷めてはいけません。

これはデモ画面だからと、我に返ってはいけません。

プレイしているのだと、真剣に思い熱中することで、デモ画面をプレイすることができるのです。

今考えると、とても悲しく滑稽な話です。

大人になり、今はゲームを何度もするくらいのお金の余裕はあります。

ただ、今の僕は、もうゲームに興味がありません。

ちぐはぐなものです。

母親の腕から息子の右手へとハエが止まる場所を変えていく

不幸なことが起こりやすい境遇にある僕なので、人といてハエが飛んでいると、だいたいの場合は僕に止まります。

この前、母親と食事をしている時、ハエが飛んでいました。

どうせ僕に止まるだろう。腕か？　肩か？　はたまた足か？

ハエが僕に止まることは前提で、止まる場所を予想していると、そのハエは母親の腕に止まりました。

さすが不幸の男を産んだ人です。僕のかわりに不幸をうけおってくれたのでしょうか？

そんなことを思っていると、母親がハエに気付き、そのハエを払いました。そのハエは飛び立ち、次に当たり前のように、僕の右腕に止まります。

やっぱり止まるのかよ。

そう思い、払おうとしたところで、僕の手が止まります。

これを払ったら、ハエはまた母親の元に戻るのではないだろうか？

それをまた母親が払い、僕へ。僕が払い母親へ。

ハエが親子の間を移動するだけ、不幸がいったりきたりするだけで、なんの意味もないのではないだろうか。

そんなことを考えていると、ハエが勝手に飛び立ちました。

あ！　母親に止まっちゃう。

そんな僕の危惧《きぐ》を無視するかのように、ハエは僕の左腕に止まりました。

黄色くて古びたポルノ映画館そこを過ぎれば僕の家だよ

学生の頃に住んでいた実家の近くに映画館がありました。
その映画館は、俗に言う成人映画館で、少し刺激的な映画を上映していました。
中学や高校時代に、住んでいる場所を聞かれて答えると「あ！　あの映画館の近くの！」とか「お！　あのエッチなところがある」などと言われて、恥ずかしい思いをしたことが何度もあります。

別に自分がそこに住んでいるわけではないので、恥ずかしがる理由はないのですが、よく言われるので、ちょっとしたコンプレックスにもなり、その映画館の近くを通るたびに切ない気分になっていました。


大人になると、そんなことは気にならなくなり、むしろそれを言われることで場が盛り上がることもあるので、逆にありがたいと思うようになりました。

とある飲み会で、住んでいる場所の話になり、僕は住所を答えます。

周りの人からは、あの成人映画館の話は出なそうなので、僕は自分から切り込みます。

「あの、エッチな映画館の近くです」

笑いが起こると思っていた僕の予想に反して、場は微妙な空気になります。

わざわざそんなこと言わなくても。

それを言われてこっちはどうしたらいいの？

そんな空気が蔓延《まんえん》します。

考えてみれば、そういうことで笑える学生時代と今とでは、違って当然です。

しかも、学生時代の会話は住んでいる場所が近い人たちとのものなので「あの映画館」は通じますが、大人になった今は、色々な場所に住んでいる人たちと話しています。

あの映画館を知らない人もいるはずです。

失敗した。

帰り道、その映画館の近くを通った僕は、久しぶりに切ない気分になりました。

ばあちゃんが危篤の電話　確変中だが台を捨て病院に行く

あれは僕が20代前半の頃。

ばあちゃんが体調を崩し入院して、いつどうなってもおかしくないという状況の時がありました。

はじめの頃は家族全員、毎日のようにそわそわとしていましたが、意外にばあちゃんは元気で、僕たちは徐々に普段の生活を取り戻していました。

その日僕は、パチンコを打っていました。

当時の僕はパチンコにハマっていて、よくパチンコ屋さんに行っていました。

普段はあまり勝てない僕ですが、その日は調子がよく、すぐに当たりを引いて、パチンコ台は確変状態に入ります。確変状態とは、次の当たりも確定している状態というやつで、つまりとてもよい状態です。

次の当たりを待ちながらハンドルを回していると、携帯電話に母親から電話がありました。

なんだろう？　と思い、店の外に出て電話に出ると、ばあちゃんが危ないという電話でした。

母親は言います。

「すぐに病院に」

僕ももちろんすぐに向かわなければと思ったのですが、一瞬思い出してしまいます。

あ、パチンコ台、確変中だ。

どうしよう。

そして次の瞬間には、僕はそう思ったことを恥じて、自転車を飛ばして、すぐに病院に行きました。

ばあちゃんは、僕が着いてから、まもなく息を引き取りました。


葬儀などが落ち着いてから、僕はふと、あの確変台のことを思い出しました。

打ち続けてたら、どれくらい勝てたかな？

結構勝てたかな？

そしてその後に思います。

あれはもしかしたら、ばあちゃんからのメッセージだったのかも。

パチンコなんかより、他にやることがあるんじゃないの？　というばあちゃんからのメッセージだったのかも。

あれ以来僕は、パチンコを打っていません。

あれ以来僕は、パチンコをほとんど打っていません。

焼けないで棺に残った貯金箱　なんとも言えない顔で見ている

もう10年以上前ですが、ばあちゃんが亡くなりました。
そのばあちゃんのお葬式での出来事。
火葬場で、棺桶《かんおけ》の中にばあちゃんの好きだったものを入れようというところで、母親が貯金箱を入れました。

それは赤いポストの形をした貯金箱でした。母親が小学校の修学旅行でばあちゃんに買ってきたものだそうです。

何十年経っても、ばあちゃんが大切に持っていたものなので、その貯金箱を一緒に持っていってほしい。

母親はそう思ったのでしょう。

火葬が終わり、お骨と対面する場面。

お骨だけが残っているはずが、端っこに真っ黒に焦げたなにかがあります。

なんだあれ?

近付いて見てみると、それはポストの形をしています。

あ!

ポストの形の貯金箱だ。

赤かったものが真っ黒に焦げてはいますが、貯金箱で間違いありません。

母親が一緒に持っていってほしいと入れた貯金箱は、ただ焦げただけで現世に残っています。

ふと、母親の顔を見てみると、なんとも言えない顔をしています。

貯金箱が残っている切なさ、悲しさ、怒り。

それを周りに見られている、恥ずかしさ、情けなさ。

それに、ばあちゃんが死んだ悲しさ、苦しさなど、山ほどの感情が入り混じった、なんとも言えない顔になっています。

僕はきっとあの顔を、一生忘れることはないでしょう。

口々に微妙な味と言われてる麦茶が結構おいしいのだが

初合コンで言われた第一印象は「実家の麦茶まずそう」でした

昔、こんな短歌を作り、この連載でそれについてのエッセイも書かせていただきました。

簡単に説明すると、初めて行った合コンで、先輩が僕を指差し「こいつ実家の麦茶まずそうだろ」と言い、それが女の子にとてもウケたという話です。

そのエッセイを書いてからというもの、舞台上で他の芸人に「実家の麦茶まずそう」とイジられることがあります。

そして、それがお客さんにとてもウケます。

ウケるのは嬉しいのですが、「実家の麦茶まずそう」と言われることは悲しいので、複雑な気持ちになりながらも、一生懸命「まずくないわ！」と切り返していた、ある時。

1人の芸人が言います。

「そんなに言うなら、本当にまずいかどうか飲んでたしかめてみよう！」

なぜそんなことをしなきゃいけないのか？

そう思いながらも、これでまずそうという疑惑が晴れるならと思い、僕はその当日、実家の麦茶が入った麦茶ポットを持っていきました。

ルールは簡単です。3人の芸人が3種類の麦茶を飲みます。

その中の1つが僕の実家の麦茶なのですが、先入観をなくすために、目隠しをして

3種類飲むというルールです。

1つめ。

3人の芸人は麦茶を飲み言います。

「よくある麦茶だ」

「普通だね」

「美味しい」

2つめ。

「一般的なやつだね」

「めっちゃ普通」

「うまいじゃん」

3つめ。

3人の芸人は麦茶を飲むと、次々に首を傾《かし》げます。

先ほどとは明らかに違うリアクションです。

「微妙」

「なんか変な味しない?」

「あれ、まずいかも」

お察しの通り、僕の実家の麦茶は3つめです。
この後、答え合わせするの嫌すぎるんですけど。
「まずそう」が、「まずい」になってしまうんですけど。
そう思いながら、僕は実家の麦茶を一口飲みます。
僕的には美味しいんだけどな。

後ろから見たら頭がないように見えるほどまるまってる背中

道を歩いていて、老人の方を見かけると、自分の父親や母親と重ね合わせてしまいます。ゆっくりしか歩けなくなっているお爺さんを見ると、父親みたいだなと思い、一人立ち止まって花を眺めているお婆さんを見ると、母親も似たようなことをしているのかなと考えたりします。

そう考えては、なんとも言えない気分になることがあります。

この前、道を歩いていると、前方に、背中がとても丸まっているお婆さんが歩いていました。

そのお婆さんは、背中が丸まり過ぎて、後ろから見ると、上半身がないように見えるくらいです。

歩みはゆっくりで、杖をつきながら一歩一歩進んでいきます。

僕はその姿を見て、また母親と重ね合わせてしまいます。

僕の母親は、今はまだまだ元気ですが、これから少しずつ、老いていくでしょう。

その時に、背中も丸まり、今よりゆっくりとした歩みになるでしょう。

このお婆さんみたくなるのかな。

そう思っていると、お婆さんが信号待ちで、背中を少し伸ばしました。

上半身と頭が少し見えるくらいには、伸びています。

僕は心の中で叫びます。

「頑張れ!」

おじちゃんは自分の子どもは残さずに僕に競馬を教えて逝った

小学6年生の頃から競馬が好きで、そのきっかけは、親戚のおじちゃんでした。そのおじちゃんは、僕のおばあちゃんの弟で、僕が家族でおばあちゃんの家に行った際に、よく会っていました。

働いているようには見えず、自由奔放に生きているおじちゃんは、親戚の中でも少し浮いているように、子どもの僕には見えました。


ある日、おじちゃんが僕を競馬場に連れて行ってくれました。

なぜか僕を可愛がってくれたおじちゃんは「競馬場になんて連れて行かないでほしい」という周りの声を無視して、僕を競馬場に連れて行きました。

そこで僕は、新聞の見方や馬券の買い方をおじちゃんに教わりました。

馬が颯爽《さっそう》と走る姿。お金を賭けている大人たちが作る独特な雰囲気。

そういったものに魅了された僕は、そこから競馬にのめり込んでいきます。

もちろん、馬券を買いはじめたのは、二十歳《はたち》になってからですが、競馬を好きになったのは、おじちゃんに競馬場に連れて行ってもらった、あの日からで間違いありません。


そんなおじちゃんは、10年ほど前に亡くなりました。

葬式は小規模なものでした。

そこで、親戚がお酒を飲みながら会話している声が聞こえてきました。

「自由に生きて、幸せだったろうな」

「家族も子どもも、なにも残さずに逝ったな」

それを聞いて、僕は思いました。

なにも残してないってのは、どうなんだろう？

たしかにおじちゃんは家族も子どもも残してはいきませんでした。

でも僕はあれからも競馬をやり続けていて、おじちゃんが教えてくれた新聞の見方や馬券の買い方は、今でも僕の根幹にあります。なので、なにも残していないってことはないのではないだろうか？


それから約10年。

僕は今でも競馬をやっています。

おじちゃん、今週も負けたよ。

人生のトホホ

人生は小さな不幸で溢れています。
今も、喉が少し痛かったので
喉に塗るスプレーを使ったところ、
なんかさっきより何倍も痛くなっているような
気がしています。このエピソードは、
きっといずれ短歌で成仏できます。
短歌があればトホホもこわくはありません。

あつまれは虚しく響く　どうぶつの森でもにんげんの雑踏でも

今生の別れじゃないと思うからそういう顔でまたねって言う

話そう！とプロフィール欄に書いている人からまったく返事がこない

三国志大人買いしていたあいつ今はゼクシィ読まされている

3日とも大丈夫ですは恥ずかしく1日だけNGにしておく

「負けたくない」より強いのは「負けられない」もっと強いのが「負けてもいいや」

どうしてもキュウリは馬に見えないとはしゃいでたらまた夏が終わりだ

おしまいだ　愛想笑いか本当に笑ってるのかわからないです

飲みの席からの電話にテンションを合わせようと頑張る　無理だった

一枚も財布に札がないことで大人でありえないと引かれる

気の合わない奴を並べて世の中はこんな奴ばっかりだと嘆く

一日を大事に生きるやり方がわからないまま天井見てる

リカちゃんが自分に変わり　子に孫にずーっとずーっと着せ替えしてる

女性と買い物に行って、女性が服屋さんに入った時、男は選択を迫られます。
一緒に服屋さんに入るか、または外で待っているか。
ファッションのことを一緒に喋れる人は、一緒に服屋さんに入ってもいいと思うのですが、僕みたいなファッションに疎《うと》すぎる人間は、店の中に入っても、なんの役にも立ちません。

昔、当時付き合っていた彼女と一緒に店に入った時、「これとこれどっちが似合う？」と聞かれたので、ひとつを選んだら「そういう時はどっちも似合うって言うんだよ」と注意されたのですが、以来、僕は女性と一緒に店に入るのをやめました。

なので、今でも女性が服屋さんに入ると、外で待つようにしています。

なかなか長い時間待つことがありますが、そんなのは経験上、覚悟の上です。

先日、知り合いの女性の買い物を待っている時に、ふと思いました。

女性って、ずっと着せ替えしてるんだなと。

子どもの頃、リカちゃん人形で遊ぶ女の子が多いです。リカちゃん人形で着せ替えを楽しみます。

10代を超えたくらいから、着せ替えは自分になり、自分のファッションを楽しみ、子どもができると子どもの着せ替えもします。

そして孫ができると、孫の着せ替えにも介入します。

その間にも、もちろん自分の着せ替えはしています。

ずっと着せ替えをしています。
そんなことを考えていると、店から知り合いの女性が出てきました。
彼女は言います。
「いいのなかったから、次はあの店に行ってみる」
何店も行くのは、経験上覚悟の上です。
行きましょう。
僕は外で待ってますんで。

青年誌表紙の顔の半分がわからなくなってはじまるぜ夏

子どもの頃、年に一度だけ、夏に会う親戚のおじさんが、毎年のように言っていた言葉があります。

「若いアイドルの顔が全部同じに見えるんだ。まったく違いがわからないんだ」

僕はそれを聞くたびに思っていました。

なんなんだその嘘は？　全然おもしろくないじゃないか！

たしかに、化粧の仕方や衣装の関係で、似ているように見えるということはあるかもしれません。

ただ、全部同じ顔に見えるだと？　まったく違いがわからないだと!?

大袈裟《おおげさ》すぎます。

そんなわけないじゃないか。

夏の暑い日射しと共に、その言葉をなぜかよく覚えています。


30代中盤から、やばいなーと感じられる傾向はありました。

若いアイドルさんの顔が、少しずつ同じに見えるような気はしていました。

そして、38歳。

今僕は、若いアイドルさんの顔が全部同じに見えます。

あのおじさんの言ってたことは嘘じゃありませんでした。

全然違いがわかりません。

おじさん、嘘じゃんとか思ってごめんなさい。

今ではめちゃくちゃ気持ちがわかります。

先日、コンビニの雑誌のコーナーに並ぶ表紙の前で、僕は立ち尽くしていました。顔が同じに見えることに加え、アイドル知識の乏しさから、ほとんどの人が誰だかわかりません。

時代に付いていけてなさすぎです。

店内のラジオでは、パーソナリティさんが「今日は今年一番の暑さになりそうだ」と言っていました。

今年も夏がはじまります。

もしもしカメよカメさんよどうして水を替えた途端にフンをするのか

僕の今住んでいる家にはカメが2匹います。

自分が進んで飼っているというわけではなく、同棲している彼女が連れてきた亀ですが、意外に愛嬌もあり、長く一緒にいると愛着も湧いてきます。

なので、とても気に入っているのですが、1つだけ許せないことがあります。

それは彼らが、水を替えたタイミングでフンをすることです。

我が家では、亀の水は1週間に一度程替えるようにしています。

彼らは水を替えたタイミングでフンをします。

1週間、ずっとしなかったのに、水を替えた途端にフンをします。

フンをしたら水を替えなければいけないので、結局またすぐに水を替えることになります。

一手間多いような気がします。

そんなことが続くので、ならばこちらもフンをしたタイミングで水を替えようと思います。

1週間が経ち、8日が経ち9日が経っても、彼らはフンをしません。

さすがにもうそろそろ水が汚れてきたからと、水を替えた10日目。

彼らはフンをします。

水を替えた1時間後にフンをします。

10日間しなかったのに、水を替えた途端にフンをします。

フンをしたら水を替えなければいけないので、すぐに水を替えます。

絶対、一手間多いです。

そのことを伝えると彼女は言います。

「私が替えた時は、そんなにすぐフンしないけどね」

思い返してみると、たしかにそうな気がします。

彼女が水を替えた時はフンをせず、僕が替えた時だけ、すぐにしているような気がします。

え？

てことは、まさか僕のせいですか？

水温とか水の入れ方がフンを誘発してるんですか？

もしくは考えたくはないですが、まさか。

僕、カメに遊ばれてます？

終電が過ぎてもあのビルの中ではWindows日向ぼっこの列だ

先日、街中で友達とお酒を飲んで、久しぶりに終電を逃す時間まで遊びました。歩いて帰れる距離ですし、夜風も気持ちがいい日だったので、僕は歩くことにしました。

帰り道、オフィス街を通ると、窓から明かりが漏れているビルが、ちらほらとあります。

ビルの中では、パソコンに向かって仕事をする人たちがいるのでしょう。

こんな時間まで。

みなさん、燦々《さんさん》と降り注ぐパソコンの光を、真昼の日差しのように浴びているのでしょう。

僕は遊んでの帰り道。

彼らは僕が遊んでいる間も、そして今も仕事をしています。

僕はなにをしているんだろう？　という思いから、酔いは覚め、こんな時間まで遊ぶことは控えようと心に決めます。

にもかかわらず、僕は何日か後に、また知り合いとお酒を飲み、今度は朝まで遊ぶということをしてしまいました。

帰りはちょうど始発が走る時間だったので、僕は始発に乗り込みます。

乗っているのは、ほとんどがスーツを着た人たちで、おそらくこれから仕事場に向かうのでしょう。

こんな時間から。

僕は散々遊んでの帰り道。

これから眠る僕と、仕事をはじめる彼ら。

僕はまたなにをしているんだろう？　と思い、家に帰って布団に入っても、そのことが頭をぐるぐると回ります。

結果、まったく眠ることができませんでした。

34回息を吐き34本の蠟燭消した顔色

あれは5年前の34歳の誕生日のこと。

仲間が何人かで、僕の誕生日を祝うためにパーティーを開いてくれました。オシャレな居酒屋でご飯とお酒をいただき、プレゼントももらい、宴もたけなわになった頃。

店内が暗くなり、ハッピーバースデーソングが流れ出します。奥から店員さんがケーキを運んできてくれて、仲間たちはもちろんのこと、店内にいた方たちも、僕のことを祝ってくれます。

少し恥ずかしい気持ちはありましたが、それ以上に嬉しいものでした。

ケーキには歳の数、34本の蠟燭が挿さっています。

店内中から注目されながら、蠟燭の火を消そうと僕は息を吹きかけます。

自分の感覚では一気に全部の蠟燭を消せると思っていたのですが、火は数本しか消えません。

あれ？　おかしいな？　ちょっと弱かったのでしょうか？

気を取り直して、もう一度強く息を吹きかけます。

数本しか消えません。

あれ？　やばいな。これが体力の衰えというものでしょうか？　肺活量が落ちているのでしょうか？

仲間たちや店内の人たちの、早くしてくれという空気を感じながら、僕はもう一度息を吹きかけます。

1本しか消えません。

あれ？　さっきより減ってる？

何度か吹きかけたことで徐々に体力も落ちてきてるのでしょう。

仲間たちや店内の人たちの、いい加減にしてくれという空気と、店員さんの、早く店明るくして音楽消したいんだけどという空気をビンビンに感じながら、僕はそこから何度も息を吹きかけ、なんとかすべての蠟燭の火を消しました。

34本の蠟燭の火を消すのに何度息を吹いたでしょう。感覚的には34回ほど吹いていいます。

消し終わった僕はゼーゼーとなりながら、自分の体力の衰えを感じました。

そして先日。僕は39歳の誕生日を迎えました。

今年はゼーゼーなりませんでしたよ。

決して体力がついたわけではありません。誕生日パーティーがなかったんです。

誕生日パーティーを開いてもらってゼーゼーなるのと、誕生日パーティーがないからゼーゼーならないのと。

どっちが幸せなんでしょうかね？

いつかまた会えるように！と話してる2人が同じ方へと歩く

先日夜に、札幌の繁華街すすきので信号待ちをしていると、居酒屋の前で喋っている男性5人ほどのグループがいました。

なんとはなしに見ていると、1人の男性との別れをみんなで惜しんでいるように見えます。

彼はこれから札幌を離れ、別の場所に行くのでしょうか？

もしくは久しぶりに会ったのが今日で、また次に会えるのは相当先だとかでしょうか？

握手をしたり、抱擁までしているので、おそらくそれくらい重みのある別れなのでしょう。

グループは解散になり、各々が思い思いの方向へ去っていきます。

そんな中、その男性ともう1人の男性が、一緒に歩いてこっちに向かってきます。

ついさっき、あんなに大袈裟な別れをした2人の間には、また一緒になってしまって気まずいというオーラが漂っています。

信号が青になり、僕は歩き出します。

後ろから気まずいオーラが付いてくるのがわかります。

振り返ると、2人の間に会話はないように見えます。

あんなに盛大に別れたのに気まずいというオーラがプンプンしています。

そのうち、2人はどこかの角を曲がり、僕は2人と離れてしまいました。

2人は最後、どんな別れ方をしたのでしょうか？

もう一度、盛大に別れたでしょうか？

いや、あの気まずい雰囲気から見て、おそらくそこで行われたのは気まずい別れだったような気がします。

みなさんも大袈裟に別れる時は、その後の予測をしっかりとしてから別れることをオススメします。

隅っこで生きてきたからオセロ盤　この角だって譲りはしない

先日、テレビ番組の撮影の待ち時間でのこと。

少し時間が空くということになり、仕事仲間の方に誘われてオセロをやることになりました。

オセロなんて久しぶりで、たまにはこんなのもいいもんだなと思いながら、僕はオセロを楽しんでいました。

オセロの最中、高校時代の話になりました。

その彼は部活をやっていて、全国大会にも行ったことがあり、そのせいか女の子にもよく告白されたという話をしてくれます。

言うなれば、学生時代、陽の当たる道を歩いてきたということでしょう。

僕はと言えば、部活は帰宅部で、帰宅部にはもちろん全国大会とかはないので、そういった経験はなく、女の子から告白どころか、まともに話した覚えすらほとんどありません。

日陰も日陰の高校時代です。

そんなことを考えていると、僕の中にある感情が芽生えてきます。

オセロ負けたくないな。

最初は遊びでやっていたのですが、その話を聞くと、せめてオセロくらいは彼に勝ちたいなと思ってきます。

オセロは角を取ると有利というのが定石です。

学生時代に日陰、隅っこで生きてきました。

陽の当たる道を、真ん中を歩いていた彼に、隅っこを譲るわけにはいきません。

そんな気迫が実を結んだのか、僕は4つの角、すべてを取ることに成功しました。

しかし、オセロは角を取った方が有利ではありますが、必ずしもそれで勝てるわけではありません。

オセロには負けました。

もうこれで最後だの感じ出したのに3日後に会う機会があった

専門学校の講師の仕事をしていたことがありました。

人前に立つ仕事をしているということで、これから俳優や声優を目指す方々の前で、未熟ながら授業をさせていただいていました。

週に一度、90分の授業をしているだけですが、それが2年も続くと、生徒さんにも愛着が湧いてきます。

なので最後の授業は、感慨深いものがあります。


これは今年3月の最後の授業のこと。

いつものように授業をして、残り10分ほどは、人前に立つ先輩として、そして人生の先輩として、言えることはすべて言ってあげたいという気持ちで生徒さんに思いを伝えました。

「いつだって謙虚に」

「準備は嘘をつかない」

「自分次第で未来は変わっていく」

など、自分ができているかどうかは別として、大切だと思うことを、しっかりと伝えさせていただきました。

そして最後には「今度は舞台上で会いましょう」と締めて、僕は授業を終えました。

生徒さんたちに会えなくなるのは寂しいけれど、自分なりにやれることはやれたなと思い、職員室に戻ると、職員さんから声をかけられました。

「岡本さん、補講いつが都合よいですか？」

ん？　補講？

聞くところによると、僕が一度、別の用事で授業を休んでしまった日があったので、補講をしなければいけないと。

まじですか？

あんな〝最後感〟出したのに。

次は舞台で会いましょう！　とかカッコつけたのに。

またあの教室で会うんですか⁉

僕、次どんな顔して教室に行けばいいんですかね？

捨てる神その次に現れたのが3連続コンボで捨てる神

捨てる神あれば拾う神あり、という言葉があります。

自分に愛想をつかして相手にしてくれない人もいる反面、親切に助けてくれる人もいるものなので、不運なことがあっても悲観することはないというたとえです。

たしかに実生活ではそういうことがあるかもしれません。

ただ、創作に関しては、捨てるものの連続だと個人的には思っています。

例えば、このエッセイ。

基本的には自分の身に起きた不幸を書いていますが、なんでもかんでも書けるわけではありません。


先日、電車に乗っていた時のこと。

スマートフォンで、LINEに夢中になっていて、降りようとした駅を乗り過ごしてしまいました。仕方なく、次の駅で降りて電車で戻ろうと思ったのですが、終電だったので、結局歩くハメになりました。

一瞬、エッセイに書こうかと思いましたが、こんなことは結構な方が経験していて、確実にもう誰かが書いています。なので書くのをやめて、このエピソードは捨てることになります。


この前、道を歩いているとカラスに頭を突《つっ》かれました。

一瞬、エッセイに書こうかと思いましたが、ただカラスに頭を突かれただけです。

その前後には、特に書くべきことはなく、ただカラスに頭を突かれただけです。

これではエッセイとしては成立しません。捨てることになります。

こんな風に、自分の身に起きたことでも、色々な理由で書くことができずに、結果的には捨てるということが多々あります。

使えるエピソードなど、ごくわずかで、ほとんどのものが捨てるエピソードかもしれません。

そう考えると、創作は「捨てる神の連続だ」と思うのです。

という文章をスマートフォンで打っている途中に、スマートフォンを床に落としてしまい、傷がつきました。

不幸です。

エッセイに書こうかな。

いやいや、スマートフォンを床に落として傷がついたなんて、不幸の定番中の定番です。

捨てる神です。

ここで大ベテランの登場ですと煽られている人とタメだな

先日、プロ野球の試合、ソフトバンクホークス対日本ハムファイターズ戦をテレビで観ていた時の話。

ソフトバンクホークスがチャンスの場面で、松田宣浩選手が打席に向かいました。

実況の方が言います。

「さあここで38歳！　大ベテランの登場です」

え？　大ベテランって言いました？

今、38歳、大ベテランって言いました？

調べてみると、松田選手と僕は同学年です。

僕は芸人をしていて、今でも若手と名乗っています。

売れていない芸人は全員若手、という理論が僕の中にはあるので、売れるかやめるかまでは若手を名乗るつもりでした。

しかし、まさか同学年の方が大ベテランと呼ばれているとは。

大きな驚きと、少しの切なさを感じてしまいます。

気になってスマホを取り出し、同い年のスポーツ選手を調べてみると、今でも現役で活躍している選手もいますが、すでに現役を退き、コーチになったり解説者として活躍している方も珍しくはありません。

その勢いで、芸能界も調べてみると、嵐の二宮和也さんと松本潤さん、山田孝之さん、松田龍平さんなどが同学年でした。

同学年とはいえ、僕と同じところといえば性別と国籍くらいのものです。

他にも、Facebookを立ち上げたマーク・ザッカーバーグさんも同学年でした。

同学年とはいえ、僕と同じところといえば性別くらいのものです。

そんなことを考えていると、手に持っていたスマホが鳴り、僕よりひとつ歳上の相方から連絡がきました。

彼は39歳、若手芸人。

ちなみに宇多田ヒカルさんと同学年です。

なんのため生まれなにをして生きるのか　唐突な問いではじまるマーチ

「アンパンマンのマーチ」という有名な曲があります。
その歌詞の中に〝愛と勇気だけが　ともだちさ〟という歌詞があります。
その歌詞を拾って、「愛と勇気しか友達がいないなんて可哀想。そもそも愛と勇気は友達としてカウントするものなのか?」というような指摘をする人が、たまにいます。

とてもおもしろい発想だとは思うのですが、僕は正直、その話に乗っていけません。なぜなら「アンパンマンのマーチ」の中には、もっと強烈な歌詞があるからです。その歌詞は頭のほうに出てきます。

〝なんのために生まれて　なにをして生きるのか〟

なんという問いでしょう?

子ども向けの歌だと思って、楽な気持ちで聴いていたら、いきなり哲学みたいな問いをぶつけてきやがります。

僕は、なんのために生まれて、なにをして生きるのでしょうか?

今まで考えたことはありますが、答えなんて出たことがありません。

それを、こんな軽快なメロディで聞かれたところで、答えなんて出るはずもありません。

歌詞はこう続きます。

〝こたえられないなんて　そんなのはいやだ!〟

たしかに嫌です。

僕だって答えられるものなら答えたいです。
だけど無理なんです。
考えるのをやめよう。
そう思った僕は、また歌詞に耳をやります。
曲は2番の冒頭に入っています。
〝なにが君のしあわせ　なにをしてよろこぶ〟
第2問です。
第1問の答えも出ていないのに、同じくらい難しい第2問を出されています。
お手上げです。
僕は多くはありませんが、愛と勇気以外にも友達はいます。
なので、なんのために生まれてなにをして生きるのか？
なにが君の幸せで、なにをして喜ぶのか？
今度、その友達とゆっくり話してみましょうかね。

月曜と木曜はアルバイトの日　やめたのになおアルバイトの日

昔、コンビニで深夜のアルバイトをしていました。
10年近く、月曜日と木曜日の深夜にシフトで入っていました。
その10年間、アルバイトに行くのはずっと億劫《おっくう》で、毎回憂鬱でした。

そのアルバイトを、今はやめているのですが、月曜日と木曜日が来るたびに「わー今日バイトじゃん」と、今でも思います。

アルバイトをやめて1年近く経っているのですが、今もなお、月曜日と木曜日の朝には「バイト嫌だな」と思い、すごくテンションが下がります。

その後に「あ、もうバイトやめてるんだ」と、我に返ります。

習慣が染み付いているというのはとてもこわいもので、いい加減に抜け出したいものです。

僕は今39歳なので、高校を卒業して20年以上経っています。

なのに、本当にたまに、日曜日の夜に「うわ、明日学校じゃん」と思うことがあります。

習慣が染み付いているというのは、本当にこわいものです。

わかるならいきたいけれどわかんない　心の赴くほうがどっちか

「心の赴くままに生きればいい」という言葉があります。心の赴くことが一番大事なんだからという気持ちは昔からあったので、そうやって生きてきたつもりです。

ところが、何年か前から思ってることがあります。

心の赴く方ってどっちなんだ？

例えばなにかを選択する時、昔は自分の行きたい道を選べていたような気がします。しかし最近は、成功・失敗や、人間関係、損得勘定などを先に考えてしまっています。それらが複雑に絡み合って、「心の赴くまま」がどっちなのかが、わかりません。冷静になってしっかり心で考えればいいんだと思ってみても、頭で考えることは止まらず、心っていうのは胸にあるのか？　はたまた頭にあるのか？　という、昔から問われている答えの出ない問いに迷い込んでしまうことも多々あります。

心の赴くままってどっちなんだよ？　心ってどこにあるんだよ？


僕は今、自動販売機の前に立っていて、なにを飲むかで悩んでいます。

安いのは水だけど、本当に飲みたいのは炭酸飲料。でも炭酸飲料は体によくないかな。じゃーお茶か？　烏龍茶があればいいけど、この自販機緑茶しかないもんな。僕、緑茶そんなに好きじゃないんだよね。じゃー逆に買うの我慢しようか。


心の赴く方さえわかれば、すぐに決められるはずなんですが。

短歌など読まない詠まない人生で生まれ変わったらお願いします

短歌をやっていると人に言うと、かなりの確率で「あーあの五七五のやつね」と言われます。

「五七五は川柳と俳句です。短歌は五七五七七です」と、そのたびに訂正します。

「季語とか大変じゃないの?」と、そこそこの確率で聞かれます。

「短歌に季語はいりません。季語がいるのは俳句です」と、そのたびに訂正します。

「じゃーここで一句! どうぞ!」と、結構な確率で言われます。

「短歌の数え方は一首ですから」と訂正した後に、「そんな簡単に作れるか! あんた目の前にミスチルの桜井さんいたら『じゃーここで一曲作ってください! どうぞ!』って言うのか」と口には出さず、頭の中で言います。

短歌をやっていると言うと、だいたいこのような間違いをされるので、一時は短歌をやってると言うのをやめようかな、むしろこんなめんどくさいなら短歌作ること自体やめようかなと思ったこともありました。

生まれ変わったら絶対短歌なんてやらないんだ! と心に決めたこともありました。

だけど僕は短歌のおかげで、幻冬舎で連載を持たせていただき、その連載も300回目に近づいてきました。

短歌がなければこの連載がなかったのは間違いありません。

今は心から思います。

短歌をやっていてよかったと。

300回に向けて、今後も僕の一首、一首をお願いいたします!

本書は、幻冬舎plusでの連載
「僕の不幸を短歌にしてみました」
2022年3月～2023年10月掲載分を
編集したものです。

JASRAC 出 2310176-301

岡本雄矢

おかもと　ゆうや

1984年北海道生まれ。芸人。コンビ「スキンヘッドカメラ」で活動中。
吉本興業所属。詠み始めるとなんでも〝不幸短歌〟になってしまう
という特徴を持つ、「日本にただ１人の歌人芸人」。北海道新聞等で連載も。
短歌とエッセイを収録した初の著書
『全員がサラダバーに行ってる時に全部のカバン見てる役割』には、
俵万智さん、穂村弘さん、板尾創路さんからアツい推薦文が寄せられた。

センチメンタルに効くクスリ

トホホは短歌で成仏させるの

2024年1月31日　第１刷発行

著　者　岡本雄矢
発行人　見城 徹
編集人　菊地朱雅子
編集者　袖山満一子

発行所　株式会社 幻冬舎
〒151-0051 東京都渋谷区千駄ヶ谷4-9-7
電話　03(5411)6211(編集)　03(5411)6222(営業)
公式HP：https://www.gentosha.co.jp/
印刷・製本所　中央精版印刷株式会社

検印廃止

Printed in Japan　ISBN978-4-344-04229-2　C0095

この本に関するご意見・ご感想は、下記アンケートフォームから
お寄せください。https://www.gentosha.co.jp/e/